# 明日《あす》、きみのいない朝《あさ》が来《く》る

いぬじゅん／著
U35《うみこ》／イラスト

PHP
ジュニアノベル

# プロローグ

「じゃあね、おばさん」

リュウという名《な》の少年《しょうねん》は、私《わたし》にそう言《い》った。

もちろん私《わたし》がそう呼《よ》ばれてもおかしくない年齢《ねんれい》だったなら、百歩譲《ひゃっぽゆず》って納得《なっとく》したかもしれない。

だけど私《わたし》、森崎苗乃《もりさきなえの》は中学二年生《ちゅうがくにねんせい》。いくらなんでもそんなふうに呼《よ》ばれる覚《おぼ》えはない。

怒《いか》りのままにリュウをにらむと、彼《かれ》はもうそこにはいなかった。まるで煙《けむり》のように消《き》えてしまっていたのだ。

誰《だれ》もいない空間《くうかん》を見《み》つめて固《かた》まる私《わたし》。

こんな意味《いみ》のわからない状況《じょうきょう》になったのは、今《いま》から一時間《いちじかん》ほど前《まえ》の話《はなし》。

学校《がっこう》に忘《わす》れ物《もの》を取《と》りに戻《もど》ったため、帰《かえ》りが遅《おそ》くなった私《わたし》が、急《いそ》いで公園《こうえん》の横《よこ》を通《とお》り過《す》ぎようとしたのが物語《ものがたり》のはじまりだった。

あのときリュウと出逢《であ》わなければ、私《わたし》の人生《じんせい》は変《か》わっていたのかもしれない――。

# 目《もく》次《じ》

# 第《だい》一章《いっしょう》──黒《くろ》い落《お》とし物《もの》

公園《こうえん》の入《い》り口《ぐち》で足《あし》を止《と》めたのには、理由《りゆう》があった。

いつもより遅《おそ》い学校《がっこう》からの帰《かえ》り道《みち》。

高台《たかだい》にある『夕焼《ゆうや》け公園《こうえん》』の向《む》こう側《がわ》に見《み》えるはずの夕陽《ゆうひ》も、すっかり落《お》ちてしまっている。

夕暮《ゆうぐ》れと夜《よる》の間《あいだ》の短《みじか》い時間《じかん》。

ブランコの隣《となり》に立《た》っている丸《まる》い電灯《でんとう》が、夕陽《ゆうひ》の代《か》わりにオレンジに灯《とも》っていた。

「まいったな」

宿題《しゅくだい》に必要《ひつよう》な教科書《きょうかしょ》を忘《わす》れ学校《がっこう》まで取《と》りに戻《もど》ったら、先生《せんせい》に用事《ようじ》を頼《たの》まれてしまうという悲《ひ》劇《げき》。

早《はや》く家《いえ》に帰《かえ》りたいのに思《おも》わず足《あし》を止《と》めたのは、電灯《でんとう》に照《て》らされたブランコが揺《ゆ》れているように見《み》えたから。

時刻《じこく》はもうすぐ夜《よる》の七時《しちじ》になろうというころ。

秋《あき》になってあたりが暗《くら》くなるのも日《ひ》ごとに早《はや》くなっている。
こんな時間《じかん》に公園《こうえん》にいるなんて、ひょっとしたら不良《ふりょう》と呼《よ》ばれる人《ひと》たちかもしれない。怖《こわ》い気《き》持《も》ちはあるけれど、なぜかブランコから目《め》が離《はな》せなかった。

目《め》をこらすと、揺《ゆ》れているブランコに誰《だれ》かが乗《の》っているみたい。

放《ほう》っておけばいいのに、私《わたし》の足《あし》は公園《こうえん》の砂利《じゃり》を踏《ふ》みしめていた。

近《ちか》づいていくと、ブランコに乗《の》っているのは小《ちい》さな男《おとこ》の子《こ》だとわかった。

腕《うで》で目《め》のあたりを何度《なんど》もこすっていて、鼻《はな》をすする音《おと》も聞《き》こえる。

……泣《な》いている？

男《おとこ》の子《こ》は、幼《おさな》い顔《かお》の眉《まゆ》をぎゅっと寄《よ》せて唇《くちびる》をかみしめている。

私《わたし》も一応中学《いちおうちゅうがく》二年生《にねんせい》だし、このまま見知《みし》らぬ顔《かお》はできない。

ブランコの手《て》すりの前《まえ》まで進《すす》んでから、

「どうかしたの？」

そう尋《たず》ねるけれど、男《おとこ》の子《こ》に反応《はんのう》はなくうつむいたまま。

聞《き》こえなかったのかな。

すう、と息《いき》を吸《す》ってから今度《こんど》はもう少《すこ》し大《おお》きな声《こえ》を出《だ》す。

「迷子《まいご》になったのかな？」

すると、男《おとこ》の子《こ》はようやく私《わたし》に気《き》づいた様子《ようす》でゆるゆると視線《しせん》を合《あ》わせてくれた。

怖《こわ》がらせてはいけない、とにっこりと笑《わら》ってみせるけれど頰《ほお》のあたりがこわばってしまっているのが自分《じぶん》でもわかる。

泣《な》き顔《がお》だった男《おとこ》の子《こ》の表情《ひょうじょう》が変《か》わったのはそのとき。いぶかしげに眉《まゆ》をひそめ、少《すこ》し首《くび》をかしげている。

なんだか幽霊《ゆうれい》にでも会《あ》ったかのように不思議《ふしぎ》そうな顔《かお》をした彼《かれ》は、ようやく口《くち》を開《ひら》いた。

「あんた、誰《だれ》？」と。

「え……あんた？」

「お前《まえ》は誰《だれ》だと聞《き》いている」

「お、お前《まえ》!?　あの……も、森崎《もりさき》……苗乃《なえの》です」

小学生《しょうがくせい》らしからぬ大人《おとな》びた口調《くちょう》に、素直《すなお》に自己紹介《じこしょうかい》をしてしまう私《わたし》。

おそらく『お前《まえ》』なんて人《ひと》から言《い》われたのは初《はじ》めてのことかもしれない。

普段《ふだん》なら怒《おこ》ってしまうシチュエーションでも、思考《しこう》がついていかずに固《かた》まっているだけ。

そんな私《わたし》に、男《おとこ》の子《こ》は興味《きょうみ》がなさそうに顔《かお》をプイとそらしたかと思《おも》ったら、

「かまわないでくれ」

と、横顔《よこがお》で言《い》った。

もちろんそうしたいのは私《わたし》も同《おな》じだけれど……。

「もう夜《よる》だよ。お母《かあ》さんも心配《しんぱい》してるだろうし」

見《み》ると男《おとこ》の子《こ》は、子《こ》ども用《よう》の真《ま》っ黒《くろ》なスーツを着《き》ていた。

ワイシャツの首元《くびもと》には黒《くろ》いネクタイものぞいている。

お葬式《そうしき》に参列《さんれつ》した帰《かえ》りに迷子《まいご》になったのかもしれない。

でも、このあたりに葬儀場《そうぎじょう》はないし、思《おも》い当《あ》たるのはずいぶん離《はな》れた隣町《となりまち》くらい。

「困《こま》ったな……」

思《おも》わずつぶやくと、男《おとこ》の子《こ》は私《わたし》を横目《よこめ》で見《み》た。

「なぜ苗乃《なえの》が困《こま》るんだ？」

げ、呼《よ》び捨《す》て……。

さすがにムカッとした私《わたし》に、彼《かれ》はクスクスと笑《わら》うから調子《ちょうし》が狂《くる》う。

「困《こま》っているのは僕《ぼく》のほう。苗乃《なえの》は帰《かえ》ればいい」

口《くち》を開《ひら》けば子《こ》どもも相手《あいて》に怒《おこ》ってしまいそうで、黙《だま》ることを選択《せんたく》した自分《じぶん》をほめてあげたい。

しばらく無言《むごん》の時間《じかん》が続《つづ》いた。

「でも……困《こま》っているんでしょう？」

やがておそるおそる尋《たず》ねる私《わたし》に、男《おとこ》の子《こ》はあいまいにうなずいた。

「この土地《とち》は初《はじ》めて来《き》たから」

やっぱり迷子《まいご》になっちゃったんだ。

「じゃあ私《わたし》が家《いえ》まで送《おく》っていくよ」

「苗乃《なえの》が？」

男《おとこ》の子《こ》はまだ迷《まよ》っている様子《ようす》だったが、やがて音《おと》もなく地面《じめん》に降《お》り立《た》つと、手《て》を両方《りょうほう》の腰《こし》に当《あ》てた。

「しょうがない。それじゃあ道案内《みちあんない》をさせてやるよ」

「させてやる……」

つぶやく私《わたし》を気《き》にした様子《ようす》もなく、そばまできて私《わたし》を見《み》あげる幼《おさな》い顔《かお》。

「苗乃《なえの》は変《か》わった人間《にんげん》だな」

「は？」

「言《い》っておくけど僕《ぼく》は泣《な》いていたわけじゃな

い。ちょっと休憩《きゅうけい》してただけだ」

その言葉《ことば》に思《おも》わず笑《わら》ってしまいそうになる。

エラそうなことを言《い》ってても、やっぱり小学生《しょうがくせい》。涙《なみだ》のあとが頬《ほお》に残《のこ》っていることは内緒《ないしょ》にしておこう。

改《あらた》めて見《み》ると、あどけない表情《ひょうじょう》の男《おとこ》の子《こ》はおそらく小学一年生《しょうがくいちねんせい》くらい。負《ま》けん気《き》の強《つよ》い年《とし》ごろなのかもしれない。

目《め》にかかるほど伸《の》びた前髪《まえがみ》に、丸《まる》い目《め》のかわいらしい顔《かお》をしている。

「家《いえ》の住所《じゅうしょ》はわかるの？」

「三丁目十四番地《さんちょうめじゅうよんばんち》の二《に》ってとこだ。さあ、行《い》こう」

そう言《い》うと、スタスタと歩《ある》いていこうとするので、

「あ、待《ま》って」

男《おとこ》の子《こ》を呼《よ》び止《と》めた。

「これで調《しら》べるから」

誕生日《たんじょうび》に買《か》ってもらったばかりのスマホから地図《ちず》のアプリを呼《よ》び出《だ》し、検索《けんさく》をすることにした。

アプリを起動《きどう》する間《あいだ》にさりげなく男《おとこ》の子《こ》を改《あらた》めて観察《かんさつ》すると、スーツの胸《むね》ポケットからなにか

黒《くろ》い紙《かみ》がのぞいている以外《いがい》、持《も》ち物《もの》はなさそう。

家《いえ》の場所《ばしょ》さえわかればあとは親《おや》に引《ひ》き合《あ》わせればいいし、なんなら交番《こうばん》に連《つ》れていってもいい。とにかくさっさと送《おく》り届《とど》けて家《いえ》に帰《かえ》らなくちゃ。

「まだか」

鼻《はな》から息《いき》を吐《は》いてせかす男《おとこ》の子《こ》に言《い》われて、いそいで住所《じゅうしょ》を入力《にゅうりょく》する。

私《わたし》の家《いえ》が一丁目《いっちょうめ》だから、そんなに離《はな》れてはいないはず。

たしか、友達《ともだち》の紗枝《さえ》の家《いえ》が三丁目《さんちょうめ》じゃなかったっけ……。

「あ、わかった。こっちだよ」

歩《ある》き出《だ》す私《わたし》に、「やれやれ」なんてついてくる。

これじゃあどっちが道案内《みちあんない》しているのかわからないよ。


「何年生《なんねんせい》？」

歩《ある》きながら尋《たず》ねる私《わたし》に、彼《かれ》はなにも答《こた》えない。

答《こた》えたくないのなら仕方《しかた》ない。

「じゃあ名前《なまえ》は？」

「名前《なまえ》？」

「うん。道案内《みちあんない》してあげるんだし、名前《なまえ》くらい教《おし》えてくれてもいいでしょう？」

街灯《がいとう》が少《すく》なく暗《くら》い住宅街《じゅうたくがい》を歩《ある》きながら横《よこ》を見《み》ると、男《おとこ》の子《こ》は首《くび》をひねってから、

「リュウ、ってみんなは呼《よ》ぶ」

と、そっけなく答《こた》えた。

「リュウくん？」

「リュウくんじゃなくて、リュウ。そう呼《よ》べばいい」

繰《く》りかえすリュウはそれ以上言《いじょうい》いたくないのか、大人《おとな》みたいに両腕《りょううで》を組《く》んで足《あし》を進《すす》める。

言葉遣《ことばづか》いがやたらエラそうだし、古《ふる》めかしい口調《くちょう》のおじいちゃんと一緒《いっしょ》に住《す》んでいるのかな？

もしくはお金持《かねも》ちのお坊《ぼっ》ちゃまとか。

「リュウはどこの学校《がっこう》に通《かよ》っているの？」

曲《ま》がり角《かど》でスマホを取《と》り出《だ》し、矢印《やじるし》を確認《かくにん》しながら尋《たず》ねる私《わたし》を、リュウはチラッと見《み》てから呆《あき》れた表情《ひょうじょう》を浮《う》かべた。

「質問《しつもん》ばっかだな」

「あ……なんかごめん」

シュンとする私《わたし》に、

「謝《あやま》ることはないさ」

リュウは怒《おこ》った様子《ようす》もなかったのでホッとした。

「そんなことより、まだ？」

「あ、もうすぐなんだけど……あれ？」

もう一度《いちど》スマホを取《と》り出《だ》す。地図《ちず》が指《さ》しているゴールの家《いえ》は、よく知《し》る家《いえ》だった。

そんなはずないよね、と思《おも》いながら表札《ひょうさつ》を見《み》るとやっぱりそこは、紗枝《さえ》の家《いえ》だった。

「リュウ……あのね、一応《いちおう》ここみたいなんだけど」

『鈴木《すずき》』と書《か》いてある木《き》でできた表札《ひょうさつ》を指《ゆび》でさすと、

「あ、ここだ。匂《にお》いがする」

うれしそうな声《こえ》をあげたから目《め》を丸《まる》くした。

「匂《にお》いってなんの？」

「別《べつ》に」

「リュウは紗枝《さえ》の姉弟《きょうだい》ってこと？　あれ、弟《おとうと》なんていたっけ？」

たしか紗枝《さえ》はひとりっ子《こ》だったような……。

混乱《こんらん》している私《わたし》に、リュウは門《もん》のところで振《ふ》り返《かえ》った。

「もう帰《かえ》れば？」

「え？」

「今《いま》から忙《いそが》しくなるからさ」

「ちょっと、なによそれ」

さすがの私《わたし》もこれには思《おも》わず声《こえ》を荒《あら》らげてしまった。

ここまで案内《あんない》させておいて、その態度《たいど》はないんじゃない？　いくら紗枝《さえ》の弟《おとうと》だからって、ここはしっかり注意《ちゅうい》しないと。

私《わたし》の怒《いか》りをよそに、さっさと玄関《げんかん》に進《すす》んだリュウが言《い》う。

「じゃあね、おばさん」

「あのねぇ」

と、一歩近《いっぽちか》づこうとしたとき、私《わたし》の耳《みみ》に救急車《きゅうきゅうしゃ》のサイレンが聞《き》こえた。

振《ふ》り返《かえ》ると、遠《とお》くで聞《き》こえていたサイレンがどんどん大《おお》きくなっているみたい。

いや、確実《かくじつ》に近《ちか》づいてきている。

「ちょっとリュウ……あ、あれ？」

と前《まえ》を向《む》いた私《わたし》が見《み》たのは、茶色《ちゃいろ》のドア。

玄関《げんかん》の前《まえ》に今《いま》までいたはずのリュウの姿《すがた》はもうどこにもなかったのだ。

代《か》わりに彼《かれ》が立《た》っていた場所《ばしょ》に、紙切《かみき》れが落《お》ちているのが見《み》えた。スーツのポケットに入《い》れていたやつが落《お》ちたのかもしれない。

地面《じめん》に穴《あな》が空《あ》いたように思《おも》えるほど黒《くろ》い紙《かみ》が、玄関《げんかん》のライトに照《て》らされている。

拾《ひろ》いあげて、三《み》つ折《お》りになっている紙《かみ》を開《ひら》くと、

「なにこれ……」

黒《くろ》い用紙《ようし》いっぱいに白《しろ》い文字《もじ》でなにか書《か》いてある。枠線《わくせん》で区切《くぎ》られている表《ひょう》のようなそこに書《か》かれているのは、見《み》たことのない外国《がいこく》の文字《もじ》だった。

困《こま》ったな……。

門《もん》の外《そと》まで戻《もど》ると同時《どうじ》に、角《かど》を曲《ま》がって救急車《きゅうきゅうしゃ》が走《はし》ってくるのが見《み》えた。ライトが回転《かいてん》しながらあたりを赤《あか》く染《そ》め

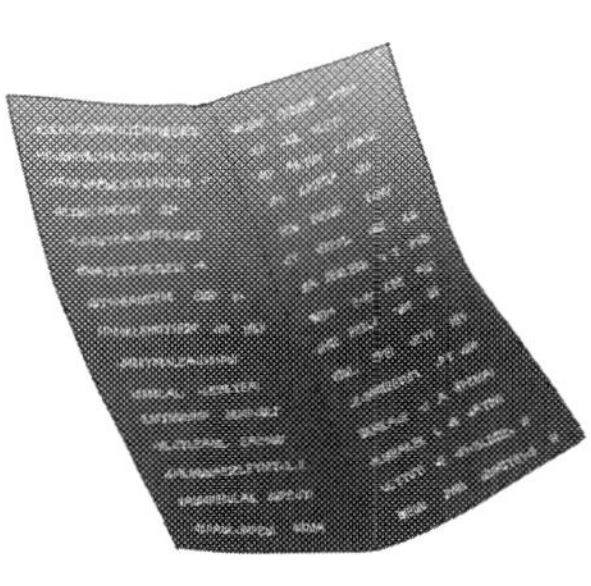

ている。

道《みち》の端《はし》に寄《よ》ると、サイレンがふいに消《き》えた。ハザードランプをつけて私《わたし》の横《よこ》に救急車《きゅうきゅうしゃ》が停《と》まったのだ。

「君《きみ》、ここの家《いえ》の人《ひと》？」

あわただしく降《お》り立《た》った救急隊員《きゅうきゅうたいいん》に言《い》われて、

「あ、違《ちが》います」

首《くび》を横《よこ》に振《ふ》ると、彼《かれ》は門《もん》の横《よこ》にあるインターフォンを押《お》した。

「鈴木《すずき》さん、救急《きゅうきゅう》です」

『お願《ねが》いします！　おじいちゃんが……早《はや》く、早《はや》くっ』

インターフォン越《ご》しの割《わ》れた声《こえ》は、ひどく焦《あせ》っているように聞《き》こえる。

紗枝《さえ》のお母《かあ》さんの声《こえ》みたいだけれど……。

ただごとでない様子《ようす》に担架《たんか》を持《も》った救急隊員《きゅうきゅうたいいん》たちが急《いそ》いでなかに入《はい》っていく。

急《きゅう》な出来事《できごと》になにがなんだかわからない。気《き》づけば赤《あか》いライトに照《て》らされてぽつんと立《た》ちつくしている私《わたし》。

近所《きんじょ》の人《ひと》も数人《すうにん》、外《そと》に出《で》てきている。紗枝《さえ》のおじいちゃん、大丈夫《だいじょうぶ》なのかな……。気《き》になりながらも私《わたし》は、もときた道《みち》を早足《はやあし》で戻《もど》っていた。

右手《みぎて》に握《にぎ》りしめた黒《くろ》い紙《かみ》。

明日《あした》、紗枝《さえ》に事情《じじょう》を説明《せつめい》して、あの生意気《なまいき》なリュウに渡《わた》してもらえばいいか。紗枝《さえ》のおじいちゃんが無事《ぶじ》でありますように。

そう願《ねが》いながら急《いそ》ぐ帰《かえ》り道《みち》は、なんだか心細《こころぼそ》かった。


『友情《ゆうじょう》は、愛情《あいじょう》よりも深《ふか》くて強《つよ》い』

これは、坂口和哉《さかぐちかずや》が昔《むかし》から私《わたし》によく言《い》っているセリフだ。

坂口和哉《さかぐちかずや》とは、小学一年生《しょうがくいちねんせい》から中学二年生《ちゅうがくにねんせい》の今日《きょう》まで、いつも同《おな》じクラス。

だから、私《わたし》にとって和哉《かずや》は、気心《きごころ》の知《し》れたクラスメイトであり親友《しんゆう》だ。

中学生《ちゅうがくせい》になってからは、クラスメイトに『仲良《なかよ》すぎじゃない？』とからかわれることも多《おお》くなったけれど、そんなとき和哉《かずや》は大《おお》きな口《くち》でニッと笑《わら》って言《い》う。

『友情《ゆうじょう》は、愛情《あいじょう》よりも深《ふか》くて強《つよ》い』と。

あまりに自信満々《じしんまんまん》に言《い》うものだから、私《わたし》もそのたびにうなずいてみせる。別《べつ》にイヤな気持《きも》ちにもならないし、たしかに男女《だんじょ》の仲《なか》を越《こ》えた関係《かんけい》だとも思《おも》っている。

気心《きごころ》の知《し》れた男友達《おとこともだち》の存在《そんざい》は、とても心地《ここち》よかった。

昔《むかし》はチビだったくせに、中学校《ちゅうがっこう》でサッカー部《ぶ》に入《はい》ってから急《きゅう》に身長《しんちょう》が伸《の》びた和哉《かずや》は、最近《さいきん》では女子《じょし》に人気《にんき》らしい。

たしかにサラサラの髪《かみ》に秋《あき》になっても健康的《けんこうてき》に焼《や》けた肌《はだ》、笑《わら》うと八重歯《やえば》が顔《かお》を出《だ》すというチャームポイントが揃《そろ》ってはモテてもおかしくない。

おかげで私《わたし》も、サッカー部《ぶ》のマネージャーの一年《いちねん》の子《こ》たちから『坂口先輩《さかぐちせんぱい》とつき合《あ》っているんですか？』と疑《うたが》いの目《め》を向《む》けられることも多《おお》くなった。

そう言《い》われても私《わたし》にとって和哉《かずや》は、昔《むかし》から和哉《かずや》のまま。それ以上《いじょう》でもそれ以下《いか》でもないんだよね。

『ただの友達《ともだち》だよ』と答《こた》える私《わたし》に、じとーっと湿《しめ》った目《め》を残《のこ》して去《さ》っていく後輩《こうはい》たちを何人《なんにん》見《み》たことか……。

今日《きょう》も、ホームルームが終《お》わったとたん和哉《かずや》は真《ま》っ先《さき》に私《わたし》のもとへくる。

当然《とうぜん》のようにドカッと私《わたし》の机《つくえ》に腰《こし》をおろすと、

「紗枝《さえ》が休《やす》むなんて珍《めずら》しいよな」

と聞《き》いてきた。

そう、紗枝《さえ》は今日《きょう》学校《がっこう》にこなかった。

「だね。風邪《かぜ》かなぁ？」

昨日《きのう》の救急車《きゅうきゅうしゃ》の赤《あか》いライトが思《おも》い出《だ》されたけれど、口《くち》には出《だ》さなかった。

「ふうん」

肩《かた》をコキコキ鳴《な》らした和哉《かずや》が大《おお》きなあくびをひとつ。

「紗枝《さえ》の決《き》まり文句《もんく》がないと物足《ものた》りないよな」

「決《き》まり文句《もんく》？」

不思議《ふしぎ》そうな顔《かお》をしていたのだろう、和哉《かずや》が目《め》を丸《まる》くした。

「お前《まえ》、気《き》づいてないのかよ。紗枝《さえ》と言《い》えば『私《わたし》の統計《とうけい》によると』だろ？」

「たしかによく言《い》ってるね。意識《いしき》したことなかったわ」

クラス委員《いいん》を務《つと》めるほど真面目《まじめ》な紗枝《さえ》は、なにかにつけて統計学《とうけいがく》を持《も》ち出《だ》してくることが多《おお》かった。

メガネを人差《ひとさ》し指《ゆび》で持《も》ち上《あ》げながら口《くち》にしている紗枝《さえ》が思《おも》い浮《う》かんだ。

「よく観察《かんさつ》してるね」

素直《すなお》に感心《かんしん》する私《わたし》に、和哉《かずや》は呆《あき》れた顔《かお》をしている。

「苗乃《なえの》がぼーっとしてるからだろ。そういうところ、昔《むかし》からちっとも変《か》わってないな」

「うるさいなあ。ぼーっとなんてしてないもん」

あはは、と軽《かる》い笑《わら》い声《ごえ》をあげた和哉《かずや》が「あ」と思《おも》い出《だ》したように私《わたし》を見《み》た。

「たまにはサッカー部《ぶ》の練習《れんしゅう》も見《み》にこいよな」

「冗談《じょうだん》でしょ。なんで私《わたし》が見《み》にいかなくちゃいけないのよ。和哉《かずや》のファンにどんな目《め》で見《み》られるか想像《そうぞう》つくもん」

ゾッとしながら断《ことわ》る私《わたし》に和哉《かずや》は首《くび》を横《よこ》にひねって、

「苗乃《なえの》が気《き》にすることでもないだろ」

なんて平然《へいぜん》としている。

「気《き》にするよ。レギュラーになったんだから、もう少《すこ》し自覚《じかく》しなさいよ」

二年生《にねんせい》になってすぐにサッカー部《ぶ》のレギュラー入《い》りした和哉《かずや》は、これまで以上《いじょう》に部活三昧《ぶかつざんまい》の日々《ひび》を送《おく》っている。

一方《いっぽう》、私《わたし》はあいかわらず文芸部《ぶんげいぶ》の幽霊部員《ゆうれいぶいん》。やりたいことがあり、結果《けっか》を残《のこ》せている和哉《かずや》がうらやましくもある。

けれど今日《きょう》の和哉《かずや》はなんだか元気《げんき》がないように見《み》える。

「あれ？　なんだか顔色悪《かおいろわる》くない？　大丈夫《だいじょうぶ》？」

「最近疲《さいきんつか》れてるのか体調悪《たいちょうわる》いんだよな。やたらだるくて眠《ねむ》い」

またあくびを宙《ちゅう》に逃《に》がした和哉《かずや》は、ひょいと机《つくえ》からおりて私《わたし》に敬礼《けいれい》をした。

「では、部活《ぶかつ》に行《い》ってまいります」

「うむ。がんばりたまえ」

カバンを手《て》に教室《きょうしつ》を出《で》ていく和哉《かずや》を見送《みおく》ってから私《わたし》はトイレへ。

個室《こしつ》に入《はい》ると、スマホを取《と》り出《だ》した。学校《がっこう》でのスマホ使用《しよう》は禁止《きんし》だけど、紗枝《さえ》が心配《しんぱい》だったから。

朝《あさ》にメッセージアプリで送《おく》った、

『おはよう。今日《きょう》は休《やす》み？　どうかした？』

というメッセージは、昼休《ひるやす》みにチェックしたときには〝既読《きどく》〟になっていなかった。画面《がめん》をチェックすると、既読《きどく》がついていて紗枝《さえ》からの返信《へんしん》があった。

『ごめんね。源《げん》じいちゃんが亡《な》くなってバタバタでさ。今日《きょう》がお通夜《つや》で明日《あした》がお葬式《そうしき》になっちゃった』

やっぱり……。

薄暗《うすぐら》い個室《こしつ》の天井《てんじょう》を見上《みあ》げた。昨夜《ゆうべ》の救急車《きゅうきゅうしゃ》は、紗枝《さえ》のおじいちゃんのためだったんだ。私《わたし》も、源《げん》じいちゃんとは紗枝《さえ》の家《いえ》で何度《なんど》か会《あ》ったことがある。シワだらけの顔《かお》をくしゃくしゃにしてよく笑《わら》う人《ひと》だった。

あのあと亡《な》くなったなんて……。

『ご病気《びょうき》だったの？』

メッセージを送《おく》るとすぐに既読《きどく》がついた。

『ううん、これまで病気《びょうき》したことなかったよ。脳卒中《のうそっちゅう》だったみたい。私《わたし》の統計《とうけい》によると、脳卒中《のうそっちゅう》はガンに次《つ》いで二番目《にばんめ》の死亡率《しぼうりつ》だよ』

本当《ほんとう》は相当落《そうとうお》ちこんでいるだろうに、統計《とうけい》の話《はなし》を持《も》ち出《だ》す紗枝《さえ》に少《すこ》しだけ安心《あんしん》した。

でも、この間《あいだ》の保健《ほけん》の授業《じゅぎょう》で、たしか脳卒中《のうそっちゅう》は四番目《よんばんめ》くらいだったような……。そんなことよりも、今《いま》は紗枝《さえ》が心配《しんぱい》。

『大丈夫《だいじょうぶ》？　なにか手伝《てつだ》う？　今《いま》から行《い》こうか？』

質問《しつもん》だらけのメッセージに、紗枝《さえ》は『大丈夫《だいじょうぶ》』と元気《げんき》いっぱいに笑《わら》っているネコのスタンプで返《かえ》してきた。

スマホをスカートのポケットにしまおうとしたとき、指先《ゆびさき》になにかが触《ふ》れた。取《と》り出《だ》してみると、

「あ、これ……」

リュウが落《お》としていった紙《かみ》だった。

すっかり忘《わす》れてしまっていたけれど、どちらにしても紗枝《さえ》は休《やす》みだから返《かえ》せない。

「しょうがないか」

言《い》い訳《わけ》のように口《くち》にしながら何気《なにげ》なくまた紙《かみ》を開《ひら》いてみる。

真《ま》っ黒《くろ》い紙《かみ》に、見《み》たことのない白文字《しろもじ》が羅列《られつ》していて、映画《えいが》に出《で》てくる暗号文《あんごうぶん》みたい。

トイレを出《で》て廊下《ろうか》を歩《ある》きながら、リュウのことが頭《あたま》に浮《う》かんだ。

あの子《こ》は大丈夫《だいじょうぶ》なのかな……。

生意気《なまいき》な話《はな》しかたがおじいちゃんゆずりだったなら、きっと落《お》ちこんでいるに違《ちが》いない。また

泣《な》いていないといいけれど。

ブランコに乗《の》って涙《なみだ》を拭《ぬぐ》っている顔《かお》が思《おも》い出《だ》され、少《すこ》し切《せつ》なくなった。


――天高《てんたか》く、馬肥《うまこ》ゆる秋《あき》。

ひとりで帰《かえ》るいつもの道《みち》。

たしかに見《み》あげる空《そら》の透明度《とうめいど》は高《たか》く、どこまでも続《つづ》きそうな青空《あおぞら》が広《ひろ》がっている。

あと一時間《いちじかん》もすれば空《そら》は夕暮《ゆうぐ》れのオレンジ色《いろ》に塗《ぬ》り替《か》えられていくのだろう。

紗枝《さえ》のおじいちゃんがきっと今《いま》ごろ空《そら》に昇《のぼ》っていってるのかも、なんてセンチメンタルなことを考《かんが》えてしまう。

人《ひと》が死《し》ぬって、どういうことなんだろう。

誰《だれ》かが亡《な》くなる場面《ばめん》に私《わたし》はまだ遭遇《そうぐう》したことはなく、紗枝《さえ》がどんな気持《きも》ちでいるのか想像《そうぞう》もつかない。考《かんが》えようとすると、イヤな気持《きも》ちが胸《むね》に広《ひろ》がるようで軽《かる》く首《くび》を振《ふ》った。

空《そら》に向《む》けてため息《いき》を放《はな》つと、まだまぶしい光《ひかり》に目《め》を細《ほそ》めた。

「ぼーっとしてるとあぶないぞ」

前方《ぜんぽう》からかけられた声《こえ》。一瞬《いっしゅん》、和哉《かずや》かと思《おも》った。

が、それにしては高《たか》い声《こえ》に違和感《いわかん》を覚《おぼ》え、視線《しせん》を地上《ちじょう》へ戻《もど》す。

電柱《でんちゅう》にもたれかかっている少年《しょうねん》は、昨夜会《ゆうべあ》ったリュウだった。昨日《きのう》と同《おな》じ黒《くろ》いスーツ姿《すがた》のリュウは、スタスタと私《わたし》の前《まえ》に歩《ある》いてくる。

「苗乃《なえの》、待《ま》ってたぞ」

いや、まずは昨日《きのう》の道案内《みちあんない》のお礼《れい》を言《い》うべきでしょ。

少々《しょうしょう》ムッとしながらも、

「こんにちは」

と言《い》った私《わたし》に、リュウは「ああ」と今日《きょう》もエラそうな態度《たいど》。

「私《わたし》を待《ま》っていたの？」

リュウは紗枝《さえ》の弟《おとうと》かもしれないということを思《おも》い出《だ》した私《わたし》の怒《いか》りは、すぐに鎮火《ちんか》した。

「あのさ……。昨日《きのう》は大変《たいへん》だったね。突然《とつぜん》だったもんね」

こういうとき、なんて言《い》っていいのか難《むずか》しい。モジモジしながらお悔《く》やみを口《くち》にする私《わたし》に、リュウは「は？」と意味《いみ》がわからない様子《ようす》。

「ほら……おじいさん亡《な》くなったでしょう？」

「ああ、そのことか」

ようやくわかったのか素直《すなお》にうなずいている。

「今日《きょう》はお通夜《つや》なんでしょう？　今《いま》から行《い》くの？」

「なんで僕《ぼく》が？」

「なんで、って……」

どうもこの子《こ》とはうまく会話《かいわ》がかみ合《あ》わない。

まだ小《ちい》さいから死《し》とか理解《りかい》していないのかもしれないな……。

「それより苗乃《なえの》。五丁目《ごちょうめ》十一《じゅういち》の五《ご》まで連《つ》れていってくれ」

「え？」

「リストを落《お》としちゃったんだよ。再発行《さいはっこう》してもらいたいんだけど、なんか難《むずか》しくってさ。あといくつかの住所《じゅうしょ》は覚《おぼ》えているから、とりあえず苗乃《なえの》を案内役《あんないやく》にすることにした」

平然《へいぜん》と言《い》ってのけるリュウに、三秒固《さんびょうかた》まってから答《こた》えが出《で》た。

「ひょっとしてリュウは、紗枝《さえ》の弟《おとうと》じゃないの？」

「誰《だれ》それ」

「昨日案内《きのうあんない》した家《いえ》に住《す》んでる友達《ともだち》。あそこってリュウの家《いえ》じゃなかったの？」

「そんなこと、ひと言《こと》でも言《い》ったか？」

たしかに言《い》ってはいません。

ぜんぶ、私《わたし》が勝手《かって》にそう思《おも》ってただけ。

だとしたら悲《かな》しんでいる様子《ようす》がないのも納得《なっとく》できる。

「じゃあなんであの家《いえ》まで案内《あんない》させたわけ？」

「そんなのどうでもいいから、早《はや》く案内《あんない》してくれよ」

私《わたし》の質問《しつもん》に答《こた》える気《き》がないらしい。

ムカ……。

ふつふつとした怒《いか》りがまたお腹《なか》のあたりに生《う》まれたのがわかる。それでもなんとか自分《じぶん》を落《お》ち着《つ》かせながら、私《わたし》は尋《たず》ねる。

「案内《あんない》するのはなんのために？」

「うるさいなぁ。時間《じかん》がないんだよ」

落《お》ち着《つ》け、私《わたし》。イライラしちゃいけない。相手《あいて》はまだ小《ちい》さい子《こ》どもなんだから。

「そこが本当《ほんとう》のリュウの家《いえ》なの？」

「時間《じかん》がないって言《い》ってるだろ」

落《お》ち着《つ》くのよ、私《わたし》。ほら、笑顔《えがお》を作《つく》って。

「でも――」

「おばさん、しつこいって」

「あのねぇ！」

気《き》がついたときには大《おお》きな声《こえ》をあげてリュウをまっすぐに人差《ひとさ》し指《ゆび》でさしていた。

「はっきり言《い》わせてもらいますけどね。私《わたし》だってヒマじゃないの。昨日《きのう》だって散々案内《さんざんあんない》させたくせにお礼《れい》のひとつも言《い》わずにいなくなって、今日《きょう》は今日《きょう》でまた道案内《みちあんない》を命令《めいれい》するの？　冗談《じょうだん》じゃない。そんな態度《たいど》なら、私《わたし》は道案内《みちあんない》なんてしないからね！」

けっして、『おばさん』と呼《よ》ばれたことに怒《おこ》ったわけじゃない。あまりにも横柄《おうへい》な態度《たいど》に、キレてしまっただけだ。

思《おも》ったよりも効果《こうか》はあったようで、リュウはギョッとした顔《かお》のまま私《わたし》を見《み》ながら二歩《にほ》あとずさりをした。

その瞳《ひとみ》にはあっという間《ま》に涙《なみだ》がたまり、キラキラと光《ひか》っている。

唇《くちびる》をぎゅっとかみしめて、涙《なみだ》がこぼれないように耐《た》えている様子《ようす》に罪悪感《ざいあくかん》がまた顔《かお》を出《だ》した。

これじゃあ私《わたし》がいじめているみたいじゃない。

肩《かた》で荒《あら》く息《いき》をしているリュウは、大人《おとな》っぽい口調《くちょう》でもまだまだ子《こ》ども。ということは、私《わたし》が折《お》れるしかないわけで……。

「……もうわかったよ。案内《あんない》してあげる。その代《か》わり、おばさんって言《い》うの禁止《きんし》だから」

その言葉《ことば》に、少《すこ》し弱気《よわき》な目《め》で私《わたし》を見《み》つめてくる。

「本当《ほんとう》に？」

「理由《りゆう》はよくわからないけれど、行《い》くよ」

安心《あんしん》したような笑顔《えがお》になったリュウが、

「よし。それじゃあ早《はや》く行《い》こう」

と、せっついてくる。

変《か》わり身《み》の早《はや》さに呆《あき》れながらもスマホを取《と》り出《だ》す私《わたし》だった。

五丁目《ごちょうめ》は昔通《むかしかよ》っていた小学校《しょうがっこう》のあたり。

なつかしい通学路《つうがくろ》に、なんだか大人《おとな》になった気分《きぶん》になる。フェンス越《ご》しに見《み》えている校庭《こうてい》も校舎《こうしゃ》も、なんだか全部《ぜんぶ》が小《ちい》さく見《み》えるから不思《ふし》

議《ぎ》。

「リュウはここに通《かよ》っているの？」

「違《ちが》う」

「じゃあどこの小学校《しょうがっこう》なの？」

「ふん」

うすら笑《わら》いを浮《う》かべ、質問《しつもん》に答《こた》える気《き》のないリュウに再度《さいど》怒《おこ》りそうになりながら、なんとか目《もく》的《てき》の場所《ばしょ》まで案内《あんない》ができた。

昔《むかし》からある平屋建《ひらやだ》ての小《ちい》さな家《いえ》。ここで間違《まちが》いなさそう。

「ここだよ」

そう言《い》うと、満足《まんぞく》げにうなずいたリュウが私《わたし》を振《ふ》り返《かえ》った。

「じゃあな」

「いや、ちょっと待《ま》ちなさいよ」

「時間《じかん》がないんだよ」

地団駄《じだんだ》を踏《ふ》み出《だ》しそうなリュウに、聞《き》きたかったことを尋《たず》ねた。

「さっき言《い》ってたリストってなんのこと？」

「なんでそんなこと聞《き》くんだ？　苗乃《なえの》、なにか知《し》ってるのか？」

かぶせるように聞《き》いてきたリュウの言葉《ことば》にふと、思《おも》い出《だ》す。もしかしたら、私《わたし》のポケットに入《はい》っているあの紙《かみ》のことかもしれない。

そう思《おも》いながらも、なぜか私《わたし》は首《くび》を横《よこ》に振《ふ》っていた。散々《さんざん》バカにされてるから、少《すこ》し困《こま》らせたい気持《きも》ちもあった。

リュウは、怒《おこ》った顔《かお》で私《わたし》を見《み》てくる。

「知《し》らないんなら余計《よけい》な詮索《せんさく》はするなよ」

ああ、この子《こ》って絶対《ぜったい》に友達《ともだち》いないだろうな、とあわれになる。人《ひと》とのコミュニケーションでいちばん大事《だいじ》な『相手《あいて》を思《おも》いやる心《こころ》』があからさまに欠《か》けているのだから。ここはひとつ、年上《としうえ》らしく注意《ちゅうい》をするべきかも。

「そういう言葉遣《ことばづか》い、やめたほうがいいよ」

「なんで？」

「だって――」

理由《りゆう》を言《い》いかけたそのときだった。

昨日《きのう》も聞《き》いた音《おと》が耳《みみ》に飛《と》び込《こ》んできたのだ。いや、さっきから聞《き》こえていたのだろうけれどリユウとの会話《かいわ》に集中《しゅうちゅう》していて気《き》づかなかった。

振《ふ》り向《む》くと、角《かど》を曲《ま》がってやってくるそれは――救急車《きゅうきゅうしゃ》。

「え、なんで……」

視線《しせん》を戻《もど》すとまたしてもリュウの姿《すがた》はそこになかった。まるで神隠《かみかく》しにでもあったみたいに消《き》えていたのだ。

「リュウ？」

玄関《げんかん》に向《む》かって尋《たず》ねる声《こえ》も、サイレンの大音量《だいおんりょう》にかき消《け》される。

こんなのおかしい。

救急車《きゅうきゅうしゃ》だってたまたまこの道《みち》を通《とお》るだけで、すぐにいなくなるはず。

願《ねが》いもむなしく、この家《いえ》の前《まえ》までくるとサイレンを消《け》して救急車《きゅうきゅうしゃ》は止《と》まった。

邪魔《じゃま》にならないよう、とっさに家《いえ》の前《まえ》から離《はな》れる。救急隊員《きゅうきゅうたいいん》たちは駆《か》け足《あし》で家《いえ》のなかへ。

五分《ごふん》もしないうちに担架《たんか》に乗《の》せられた人《ひと》が運《はこ》ばれてくる。見《み》ると高齢《こうれい》の女性《じょせい》で、真《ま》っ青《さお》な顔《かお》が見《み》えた。

慌《あわ》ててついてくるのは中年《ちゅうねん》の女性《じょせい》。

「この方《かた》のお名前《なまえ》は？」

救急隊員《きゅうきゅうたいいん》のひとりがメモを取《と》りながら女性《じょせい》に尋《たず》ねる。

「ヨシダマチコです。母《はは》なんです！」

「わかりました。乗《の》ってください。すぐに出発《しゅっぱつ》します」

「はい」

あわただしく救急車《きゅうきゅうしゃ》に乗《の》りこんだ女性《じょせい》が「お母《かあ》さん！」と叫《さけ》んでいるのが聞《き》こえた。

どうしよう……。激《はげ》しく動揺《どうよう》している自分《じぶん》を奮《ふる》い立《た》たせて、なんとか歩《ある》き出《だ》す。

胸《むね》の鼓動《こどう》が速《はや》くなっているのがわかる。

こんなのおかしいよ、おかしすぎるよ。

リュウを案内《あんない》した場所《ばしょ》に必《かなら》ず現《あらわ》れる救急車《きゅうきゅうしゃ》。二度《にど》も同《おな》じ出来事《できごと》が起《お》きるものなの？　これはいったいどういうことなの？

追《お》い越《こ》していく救急車《きゅうきゅうしゃ》のサイレンが、夕暮《ゆうぐ》れに響《ひび》いている。

気持《きも》ちが落《お》ち着《つ》かないとき、私《わたし》は『夕焼《ゆうや》け公園《こうえん》』に寄《よ》ることが多《おお》い。

町《まち》を一望《いちぼう》できるこの公園《こうえん》は、本当《ほんとう》の名前《なまえ》は『三丁目《さんちょうめ》公園《こうえん》』というらしい。けれど、夕焼《ゆうや》けがきれいに見《み》えることから、昔《むかし》から『夕焼《ゆうや》け公園《こうえん》』と呼《よ》ばれている。

ベンチに座《すわ》って、遠《とお》くに燃《も》えている夕陽《ゆうひ》を見《み》ながら考《かんが》える。

「なんだかわけがわからない……」

一度《いちど》だけならまだしも、二回《にかい》も続《つづ》けてあんなことが起《お》きるものなの？

リュウはなんであの場所《ばしょ》に私《わたし》を案内《あんない》させたの？

疑問《ぎもん》はぐるぐると頭《あたま》のなかで回《まわ》っている。

「よお」

声《こえ》に振《ふ》り向《む》くと、和哉《かずや》が歩《ある》いてきたところだった。

「あれ？　部活《ぶかつ》は？」

よいしょ、と横《よこ》に腰《こし》をおろした和哉《かずや》が「いやあ」と困《こま》ったような顔《かお》をする。

「なんかやっぱり体調《たいちょう》おかしくってさ、早退《そうたい》させてもらった」

「風邪《かぜ》？」

「そういうんじゃなくって、とにかくだるいんだよな」

たしかに少《すこ》し疲《つか》れたような顔《かお》をしていると思《おも》った。

「じゃあ早《はや》く帰《かえ》りなよ」

「久《ひさ》しぶりに夕陽《ゆうひ》に間《ま》に合《あ》いそうだったからさ。ちょっと見《み》てからと思《おも》って」

和哉《かずや》も昔《むかし》からこの公園《こうえん》が好《す》きだったっけ。よくこのベンチでしゃべっていて、気《き》づけば夜《よる》になっちゃって親《おや》に怒《おこ》られたことを思《おも》い出《だ》した。

「病院《びょういん》に行《い》かなくてもいいの？」

「まぁ、原因《げんいん》はわかってるし」

「え、なに？」

尋《たず》ねる私《わたし》に、

「幽霊《ゆうれい》がうるさくてさ。そのせいで寝不足《ねぶそく》なんだと思《おも》う」

和哉《かずや》はそう言《い》った。まるで冗談《じょうだん》みたいな言葉《ことば》だけど、ふざけて言《い》っているわけではないことを私《わたし》は知《し》っていた。和哉《かずや》は昔《むかし》から霊感《れいかん》が強《つよ》くて、夜《よる》になるとヘンな声《こえ》を聞《き》いたりすると、小学生《しょうがくせい》の頃《ころ》はよく悩《なや》んでいる様子《ようす》だった。とっくに霊感《れいかん》もなくなったと思《おも》っていたから、驚《おどろ》いた。

「お祓《はら》いとかしてもらったほうがいいかも」

「まぁ、悪《わる》さするわけじゃないから。耳栓《みみせん》買《か》ってきたから大丈夫《だいじょうぶ》」

あはは、と八重歯《やえば》を見《み》せて笑《わら》う。

幽霊《ゆうれい》にまでやさしい和哉《かずや》。そういうところ、昔《むかし》からちっとも変《か》わっていないな。

夕陽《ゆうひ》が作《つく》る円《えん》の周《まわ》りには、茜色《あかねいろ》が広《ひろ》がっている。

私《わたし》たちが座《すわ》るベンチに、さらさらと夕焼《ゆうや》けが作《つく》るオレンジ色《いろ》の雨《あめ》がふっているみたい。

あまりに美《うつく》しくて、いつまでも見《み》ていたい景色《けしき》。

ふと、隣《となり》を見《み》ると、和哉《かずや》は口《くち》を開《あ》けて寝《ね》ていた。寝息《ねいき》を立《た》てて上下《じょうげ》する胸《むね》。

よほど体調《たいちょう》が悪《わる》いのかも……。

ゴクリと唾《つば》を飲《の》みこむ私《わたし》に、

「ふ」

和哉《かずや》は片目《かため》を開《あ》けて笑《わら》う。

「寝《ね》たフリだよ。俺《おれ》、うまいだろ。俺《おれ》の最近《さいきん》の特技《とくぎ》」

「なによそれ。帰《かえ》って寝《ね》なさいよ」

「ちぇ。あいかわらず冷《つめ》たいなあ」

ひょいと立《た》ち上《あ》がった和哉《かずや》が目《め》の前《まえ》に立《た》っ

た。

「苗乃《なえの》も帰《かえ》れよ。夜《よる》になるぞ」

「あ、うん」

逆光《ぎゃっこう》になったせいで、和哉《かずや》が暗《くら》いシルエットになりその表情《ひょうじょう》がぼやけた。

なんだか和哉《かずや》が消《き》えてしまいそうな気《き》がして、少《すこ》し不安《ふあん》になった。


紗枝《さえ》と会《あ》えたのはそれから二日後《ふつかご》のことだった。

「おはよう。大変《たいへん》だったね」

そう声《こえ》をかけると、紗枝《さえ》は丸《まる》いメガネを持《も》ち上《あ》げて肩《かた》をすくめた。

「源《げん》じいちゃんが死《し》んだなんてさ、まだ実感《じっかん》がないんだよね」

そうだろう、と思《おも》った。

昨日《きのう》までそばにいた人《ひと》がいなくなる感覚《かんかく》は、私《わたし》には想像《そうぞう》がつかない。

そして、そんな紗枝《さえ》をなぐさめる言葉《ことば》も見《み》つけられないまま、私《わたし》は彼女《かのじょ》の前《まえ》の席《せき》に腰《こし》をおろした。

友達《ともだち》に悲《かな》しい出来事《できごと》があったというのに、なぐさめる言葉《ことば》も見《み》つけられないなんて落《お》ちこんじやうよ……。

紗枝《さえ》は「ふふ」と笑《わら》って私《わたし》をのぞきこんだ。

「そんな顔《かお》しないで。私《わたし》の統計《とうけい》によると、本当《ほんとう》に悲《かな》しくなるのは四十九日法要《しじゅうくにちほうよう》が終《お》わったあとからだって。そのときに落《お》ちこんでたら元気《げんき》づけてくれればいいから」

「うん、わかった」

逆《ぎゃく》にはげましてもらった気分《きぶん》になり、それでも少《すこ》しだけ心《こころ》が軽《かる》くなった。やっぱり紗枝《さえ》ってすごいなぁ。親友《しんゆう》でありながら、たまにお姉《ねえ》ちゃんのように見《み》えてしまう。

「それより、なんか変《か》わったことなかったの？」

教科書《きょうかしょ》を取《と》り出《だ》しながら尋《たず》ねる紗枝《さえ》に、すぐにリュウの顔《かお》が浮《う》かんだ。

一度《いちど》だけならまだしも、二度《にど》までもお礼《れい》も言《い》わずにいなくなったリュウ。

思《おも》い出《だ》すたびにムカムカするようになっていた。

「紗枝《さえ》って姉弟《きょうだい》いたっけ？」

「いないよ」

「そっか……」

やはりリュウは弟《おとうと》ではないんだ。だったら好《す》き放題言《ほうだいい》ってもかまわないだろうと、私《わたし》は身《み》を乗《の》り出《だ》す。

「ヘンな子《こ》どもにやたらからまれるんだよね」

「ヘンな子《こ》どもって？」

「小学生《しょうがくせい》くらいの男《おとこ》の子《こ》なんだけど、やたらエラそうで命令《めいれい》ばっかりしてくるの」

あれ？　なんだか紗枝《さえ》の口元《くちもと》が緩《ゆる》んでいるように見《み》える。

「どんな命令《めいれい》？」

「なんだか『道案内《みちあんない》しろ』みたいな」

質問《しつもん》に答《こた》えながらも、やはり紗枝《さえ》の表情《ひょうじょう》が気《き》になる。まるで笑《え》みを浮《う》かべているような……。

「それでいてさ、お礼《れい》も言《い》わずにいなくなっちゃうんだよ。ほんと、失礼《しつれい》しちゃうよね」

ふんふん、とうなずいた紗枝《さえ》が「あのね」と口《くち》を開《ひら》いた。

「私《わたし》の統計《とうけい》によると、年下《としした》の男性《だんせい》が今《いま》は人気《にんき》らしいよ」

「……紗枝《さえ》？」

「好《す》きならがんばるんだよ」

「ちょ、やめてよ。そういうんじゃないんだからね。それに、小学生《しょうがくせい》っていったらまだ子《こ》どもじゃん」

「自分《じぶん》だって子《こ》どものくせに」

ケラケラ笑《わら》う紗枝《さえ》に頬《ほお》を膨《ふく》らませた。リュウとの仲《なか》を疑《うたが》われるなんて思《おも》いもしなかった。断言《だんげん》できる。絶対《ぜったい》にありえないことだ、って。

それでも、紗枝《さえ》の笑顔《えがお》が見《み》られてよかった。


その日《ひ》の放課後《ほうかご》。紗枝《さえ》と四《よ》つ角《かど》のところでバイバイして、歩《ある》き出《だ》したときのこと。

ふと、ポケットに入《い》れたままの紙《かみ》が気《き》になったのは、さっきリュウのことを紗枝《さえ》に相談《そうだん》したせいだろう。

私《わたし》は、電柱《でんちゅう》の陰《かげ》に隠《かく》れるようにして紙《かみ》を取《と》り出《だ》した。見《み》れば見《み》るほどに真《ま》っ黒《くろ》な紙《かみ》を開《ひら》いてみる。

「あれ？」

なんだか前《まえ》と違《ちが》っているみたい。

この間《あいだ》まで見《み》たことのない外国《がいこく》の文字《もじ》で書《か》かれていたはずの言葉《ことば》が、日本語《にほんご》になっている。

いちばん上《うえ》の行《ぎょう》の左《ひだり》から、『鈴木源三郎《すずきげんざぶろう》』と書《か》かれていて、その右《みぎ》には『8520181010194833』という数字《すうじ》の羅列《られつ》。最後《さいご》に、『三丁目十四番地二号《さんちょうめじゅうよんばんちにごう》』と書《か》かれている。

ドクン
胸《むね》が音《おと》を立《た》てるほど大《おお》きく弾《はず》んだのを感《かん》じる。絶対《ぜったい》に前《まえ》に見《み》たときは、読《よ》めない文字《もじ》ばかりだったはず……。

「紙《かみ》に書《か》かれた文字《もじ》が勝手《かって》に変《か》わるなんてこと……ある？」

自分《じぶん》に問《と》いかけるけれど、もちろん答《こた》えはない。

鈴木源三郎《すずきげんざぶろう》……源《げん》じいちゃん。

この『鈴木源三郎《すずきげんざぶろう》』は、紗枝《さえ》のおじいちゃんの名前《なまえ》だ。

どうしてここに源《げん》じいちゃんの名前《なまえ》が？

どんどん胸《むね》の鼓動《こどう》が早《はや》くなるのを感《かん》じる。

下《した》の行《ぎょう》を見《み》ると、そこには『吉田真知子《よしだまちこ》』と記《しる》されていて、『75201810111174625』という数字《すうじ》が並《なら》んでいる。

足《あし》が勝手《かって》に歩《ある》き出《だ》す。

向《む》かうは『吉田真知子《よしだまちこ》』の横《よこ》に書《か》かれている住所《じゅうしょ》の場所《ばしょ》。

そんなはずはない、そんなことありえない。

自分《じぶん》に何度《なんど》も言《い》い聞《き》かせながら向《む》かうと、この間《あいだ》リュウと歩《ある》いた道《みち》に出《で》た。

少《すこ》し先《さき》に見《み》えるこの間案内《あいだあんない》した家《いえ》の前《まえ》には、たくさんの人《ひと》がいた。黒《くろ》い服《ふく》を着《き》た人《ひと》たちが頭《あたま》を下《さ》げて挨拶《あいさつ》をしている。涙《なみだ》を流《なが》して対応《たいおう》しているのは、この間家《あいだいえ》から飛《と》び出《だ》してきた中年《ちゅうねん》の女性《じょせい》だ。

お葬式《そうしき》?

息《いき》がうまく吸《す》えないまま早足《はやあし》で家《いえ》の前《まえ》を過《す》ぎると角《かど》で曲《ま》がる。壁《かべ》に背《せ》をつけ大《おお》きくあえぎながら予感《よかん》が現実《げんじつ》になるのを感《かん》じた。

鈴木源三郎《すずきげんざぶろう》、そして吉田真知子《よしだまちこ》。

ここに書《か》いてある名前《なまえ》の人《ひと》が立《た》て続《つづ》けに亡《な》くなっている。

これって、ひょっとしたら……。

「……この紙《かみ》は、『死《し》のリスト』なの?」

# 第《だい》二《に》章《しょう》── 白《しろ》色《いろ》のきみの名《な》前《まえ》

「あら、ひどい顔《かお》してるわね」

台所《だいどころ》の椅子《いす》にどすんと座《すわ》った私《わたし》に、お母《かあ》さんは朝《あさ》から笑《わら》い声《ごえ》をあげた。

「年頃《としごろ》の娘《むすめ》に、よくそんなこと言《い》えるね」

コーヒーカップを受《う》け取《と》りながら文句《もんく》を言《い》うと、お母《かあ》さんはトースターに食《しょく》パンを放《ほう》りこんだ。

「だって眠《ねむ》そうな顔《かお》じゃない。どうせ夜更《よふ》かしでもしたんでしょう」

「違《ちが》うもん。なんか、うまく眠《ねむ》れなかったんだもん」

「どこでも寝《ね》られる苗乃《なえの》が？　珍《めずら》しいこともあるのねぇ」

ちっとも真剣《しんけん》に答《こた》えてくれないのは、普段《ふだん》から私《わたし》が異様《いよう》なほどよく眠《ねむ》るからだろう。だけど、ここ数日《すうじつ》はうまく寝《ね》つけず気《き》づけば暗《くら》い部屋《へや》でスマホの明《あ》かりを頼《たよ》りに黒《くろ》い用紙《ようし》とにらめっこをしてしまう。

吉田真知子《よしだまちこ》さんより下の行《ぎょう》は、見《み》たことない文字《もじ》が並《なら》んでいたはずなのに、昨晩最後《さくばんさいご》に確認《かくにん》したときには二行下《にぎょうした》まで日本語《にほんご》に変《か》わっていた。とっさにリストを放《ほう》り投《な》げて布団《ふとん》にくるまったけれど、余計《よけい》に眠《ねむ》れなかったわけで……。

考《かんが》えれば考《かんが》えるほど、あの紙《かみ》は『死《し》のリスト』で間違《まちが》いないと思《おも》う。

数字《すうじ》の最初《さいしょ》は年齢《ねんれい》、あとは日付《ひづけ》と時間《じかん》を表《あらわ》していることにもようやく気《き》づいた。

例《たと》えば、吉田真知子《よしだまちこ》さんの数字《すうじ》7520181011174625だと、先頭《せんとう》の二《に》ケタ、「75」が亡《な》くなったときの年齢《ねんれい》。

続《つづ》いて、２０１８年《ねん》という西暦《せいれき》。さらに10月《がつ》11日《にち》という日付《ひづけ》。最後《さいご》は17時《じ》46分《ぷん》25秒《びょう》という時間《じかん》を示《しめ》しているのではないか、と推測《すいそく》した。

「でも、なんでそんなことがわかるの？」

何十回《なんじっかい》と繰《く》りかえす自分《じぶん》への質問《しつもん》に答《こた》えはまだない。

「なんのこと？」

事情《じじょう》を知《し》らないお母《かあ》さんが焼《や》けた食《しょく》パンを目《め》の前《まえ》に置《お》いたので、慌《あわ》てて口《くち》をつぐんだ。

こんな話絶対《はなしぜったい》に信《しん》じてもらえないだろうし、私《わたし》の頭《あたま》がおかしくなったと心配《しんぱい》させてしまうだろうから。

どっちにしてもリュウに会《あ》ってたしかめなくちゃ。

でも、どうやって？

そもそもなぜリュウがこんなものを持《も》っていたの？　リュウはいったい何者《なにもの》なの？　まさか人《にん》間《げん》じゃないのかも……。もう、わからないことばかり。

それにだんだん日本語《にほんご》に変《か》わっていくリストの名前《なまえ》は、あまりにも恐怖《きょうふ》だ。失《な》くして困《こま》っているリュウに返《かえ》してあげたいけれど……。

「ムリ」

小《ちい》さくつぶやいて、パンにかぶりついた。

リストの正体《しょうたい》がわかって以来《いらい》、怖《こわ》さがまとわりついて離《はな》れてくれない。

だって死《し》ぬ人《ひと》のリストだよ？

これ以上関《いじょうかか》わったら、なにかとんでもないことが起《お》きそうな予感《よかん》がする。

「お母《かあ》さん」

「ん？」

大《おお》きなあくびをしながらコーヒーを飲《の》んでいるお母《かあ》さんが私《わたし》を見《み》た。

「あのね、人《ひと》が死《し》ぬってどういうことなの？」

「んん？」

「ある日突然亡《ひとつぜんな》くなったとして、残《のこ》された人《ひと》はどんな気持《きも》ちになるの？」

意味不明《いみふめい》の質問《しつもん》だろうが、お母《かあ》さんは首《くび》をかしげて「うーん」と言《い》ったあと、少《すこ》し身《み》を乗《の》り出《だ》してきた。

「それは、その人次第《ひとしだい》なんじゃない？　悲《かな》しみも苦《くる》しみも、亡《な》くなってしまった人《ひと》に対《たい》してどんな感情《かんじょう》を持《も》っていたかによるんじゃないかな」

「感情……」

紗枝《さえ》はまだ実感《じっかん》がないと言《い》っていたっけ。

おじいちゃんやおばあちゃんが死《し》んでしまったなら、私《わたし》はどんな気持《きも》ちになるんだろう？

私《わたし》にはまだわからない。

「相手《あいて》がいつ死《し》ぬのかわかれば……悲《かな》しみや苦《くる》しみも減《へ》るの？」

思《おも》ったよりも低《ひく》い声《こえ》で尋《たず》ねてしまい、「もしもの話《はなし》だけどね」と少《すこ》し明《あか》るくつけ加《くわ》えるとお母《かあ》さんは不思議《ふしぎ》そうな顔《かお》のまま口《くち》を開《ひら》いた。

「それは難《むずか》しいかもね。亡《な》くなったあとに『もっとああすればよかった。あんなことをしてあげればよかった』っていう後悔《こうかい》は、絶対《ぜったい》に生《う》まれるだろうから」

「お母《かあ》さんもそういう経験《けいけん》あるの？」

「まあこれだけ生《い》きていればいろいろ、ね」

ウインクしてみせたお母《かあ》さんが、

「なあに？　宿題《しゅくだい》のテーマかなにかなの？」

と聞《き》いてきたので、食《しょく》パンをコーヒーで流《なが》しこんで席《せき》を立《た》った。

「なんでもない。行《い》ってくるね」

「はい。行《い》ってらっしゃい」

逃《に》げるように玄関《げんかん》を出《で》てからホッと息《いき》をつく。

死《し》のリストにある名前《なまえ》の人《ひと》を訪《たず》ねて、『あなたは明日《あした》死《し》ぬ』なんて言《い》ったら、その人《ひと》はどうするのだろう？　逆《ぎゃく》に、私《わたし》がもし言《い》われたらどういう気持《きも》ちになるんだろう？

あまり死《し》ぬことについて考《かんが》えたことがないぶん、怖《こわ》さだけがまとわりついているみたいだった。

今日《きょう》も和哉《かずや》は元気《げんき》に狭《せま》い教室《きょうしつ》を走《はし》り回《まわ》っている。

昔《むかし》から落《お》ち着《つ》きのないやつだとは思《おも》っていたけれど、いろんなクラスメイトとしゃべらなくちや気《き》が済《す》まないのか、朝《あさ》から右《みぎ》で左《ひだり》で後《うし》ろではしゃぐ声《こえ》が聞《き》こえる。

「ちょっと、少《すこ》しは落《お》ち着《つ》きなよ」

ようやく隣《となり》の席《せき》に腰《こし》をおろした和哉《かずや》に言《い》うと、

「なに怒《おこ》ってんの？」

なんて目《め》を丸《まる》くしている。

「もう中学二年生《ちゅうがくにねんせい》だよ。少《すこ》しは真面目《まじめ》に進路《しんろ》のこととか考《かんが》えなよ」

「そういう苗乃《なえの》は決《き》めてんの？」

「う……」

さすがは昔《むかし》からの縁《えん》。

私《わたし》がいちばん言《い》われたくないことをこうも言《い》い当《あ》ててくるとは……。

「そ、それなりに決《き》めてるよ。そっちこそどうなのよ」

なんとか言《い》いかえすと、和哉《かずや》は「なんにも決《き》めてない」なんて堂々《どうどう》と宣言《せんげん》してくる。

「だって、明日《あした》死《し》ぬかもしれないんだぜ。今《いま》を精《せい》いっぱい生《い》きるほうが先《さき》じゃね？」

うわ……。

今朝《けさ》ちょうどそんなことを考《かんが》えていたところだったから、まさかのシンクロに絶句《ぜっく》してしまう。

もちろん和哉《かずや》はそんなこと知《し》るわけもなく、机《つくえ》に突《つ》っ伏《ぷ》した。

「あー最近体調《さいきんたいちょう》すげー悪《わる》い」

声《こえ》に張《は》りがないことには気《き》づいていた。クラスメイトの間《あいだ》を行《い》ったり来《き》たりしているときも、顔色《かおいろ》がすぐれないとは思《おも》っていた。

昔《むかし》からの仲《なか》だから、ムリしているときはすぐわかる。

「ひょっとして幽霊《ゆうれい》、まだ出《で》てるの？」

「それもある」

「それも、って？　じゃあ部活《ぶかつ》のやりすぎとか？」

右《みぎ》を見《み》ると、和哉《かずや》は机《つくえ》に顔《かお》をつけたままうなずいている。

「たしかに休《やす》みなしでやってるしな。一橋高校《ひとつばしこうこう》に推薦《すいせん》してもらえるかもしれないし」

「そうなの？」

一橋高校《ひとつばしこうこう》は、私《わたし》でも知《し》ってるくらいサッカーが強《つよ》くて有名《ゆうめい》な高校《こうこう》だ。

「言《い》ってなかったっけ？　こないだ部活《ぶかつ》の顧問《こもん》に言《い》われたんだ」

顔《かお》だけこっちを向《む》いてニッと笑《わら》う和哉《かずや》に、思《おも》わず笑《え》みを浮《う》かべてしまう。

「すごいじゃん。さすがだね」

「だろ」

そう言《い》って和哉《かずや》は顔《かお》をあげると、誰《だれ》もいない教壇《きょうだん》のほうを見《み》た。

「だから休《やす》めないんだよ。ま、そのうち良《よ》くなるさ」

「他人事《たにんごと》みたいに言《い》わないの。気《き》をつけてよね」

「ああ」

チャイムの音《おと》が鳴《な》り響《ひび》く。

いつもの朝《あさ》がはじまろうとしている。


体育《たいいく》の授業《じゅぎょう》はキライ。

運動神経《うんどうしんけい》がよくないことを自他《じた》ともに認《みと》めている私《わたし》にとって、体育《たいいく》の授業《じゅぎょう》はため息《いき》しか出《で》ない。

紗枝《さえ》も同《おな》じく『苦手《にがて》』らしいけど、彼女《かのじょ》は頭脳《ずのう》を使《つか》うドッジボールなどの団体競技《だんたいきょうぎ》は司令塔《しれいとう》として活躍《かつやく》できるからまだマシなほう。私《わたし》は自分《じぶん》でも情《なさ》けなくなるほどチームプレーではことごとく周《まわ》りの足《あし》を引《ひ》っ張《ぱ》ってばかり。

よりによって今日《きょう》は、秋《あき》の運動会《うんどうかい》の目玉競技《めだまきょうぎ》である『クラス対抗《たいこう》リレー』のメンバーを選抜《せんばつ》するらしい。

「あーあ」

秋空《あきぞら》にため息《いき》をつきながらグラウンドを気《け》だるく歩《ある》いていると、

「あーあ」

同《おな》じように紗枝《さえ》も隣《となり》でボヤいている。

リレーは数《かず》ある運動《うんどう》のなかにおいて、ワースト競技賞《きょうぎしょう》を授与《じゅよ》したいほど苦手《にがて》な種目《しゅもく》だ。それは一緒《いっしょ》のチームの人《ひと》に確実《かくじつ》に迷惑《めいわく》をかけてしまうから。これなら短距離走《たんきょりそう》とかでドベになったほうがまだマシだ。

先生《せんせい》も、わざわざリレーに出《で》る選手《せんしゅ》をグループ分《わ》けして選《えら》ばなくてもいいと思《おも》う。足《あし》の速《はや》い順《じゅん》に選《えら》べばいいのに、『平等《びょうどう》に決《き》めよう』なんて宣言《せんげん》するからややこしくなるのだ。

これから最初《さいしょ》のグループがタイムを計《はか》るみたいだけど、走《はし》る前《まえ》だというのにさっきから手《て》のひらに汗《あせ》をかいている。

男女混合《だんじょこんごう》リレーなので、同《おな》じグループには当然男子《とうぜんだんし》もいる。和哉《かずや》が同《おな》じチームなのが救《すく》いのようでいて、実《じつ》は真逆《まぎゃく》。

足《あし》の速《はや》い和哉《かずや》は当然《とうぜん》のように体育祭《たいいくさい》でも大活躍《だいかつやく》している。

私《わたし》が同《おな》じグループにいることで、クラスメイトたちから『せっかく勝《か》てるチームなのに、あいつのせいで勝《か》てない』と思《おも》われているに違《ちが》いない。もちろん普段《ふだん》はケンカばかりでも、和哉《かずや》は人《ひと》の弱点《じゃくてん》を指摘《してき》するようなことはしない。

でもそれがかえって、自分《じぶん》のダメっぷりを自覚《じかく》させるんだよね……。

和哉《かずや》のほうを見《み》た私《わたし》は、小《ちい》さな違和感《いわかん》を覚《おぼ》えた。それぞれ準備運動《じゅんびうんどう》をしているなか、和哉《かずや》だけはさっきから座《すわ》っていた。

他《ほか》のグループの結果《けっか》が気《き》になるはずなのに、足《あし》の間《あいだ》に顔《かお》を落《お》とすようにうなだれている。

どうしたんだろう、と隣《となり》に腰《こし》をおろして異変《いへん》に気《き》づいた。まるで痛《いた》みに耐《た》えているように、和《かず》哉《や》はぎゅっと目《め》を閉《と》じている。

「和哉《かずや》？」

「……ヤバい」

絞《しぼ》り出《だ》す声《こえ》には力《ちから》がなく、額《ひたい》には汗《あせ》がにじんでいた。

「どうしたの？　具合悪《ぐあいわる》い？」

言葉《ことば》にするのもつらそうに何度《なんど》かうなずいた和哉《かずや》に、同《おな》じグループの子《こ》たちも、

「おい、どうかした？」

と集《あつ》まってきた。
胸《むね》に生《う》まれた不安《ふあん》はどんどん大《おお》きくなっていき、息《いき》がうまく吸《す》えない。
和哉《かずや》の顔色《かおいろ》は悪《わる》く、荒《あら》い息《いき》を繰《く》りかえしている。

「おい、和哉《かずや》しっかりしろって」

冗談《じょうだん》交《ま》じりに男子《だんし》が和哉《かずや》の肩《かた》をたたくと同時《どうじ》に、私《わたし》は信《しん》じられない光景《こうけい》を見《み》た。

押《お》された和哉《かずや》がゆっくりと横《よこ》に倒《たお》れていったのだ。手《て》で支《ささ》えることもなく土《つち》に横《よこ》たわった和哉《かずや》の口《くち》から、地響《じひび》きのようにうなる声《こえ》が発《はっ》せられていた。

「……和哉《かずや》？」

つぶやく声《こえ》にかぶせるように、

「先生《せんせい》、和哉《かずや》がっ！」

誰《だれ》かが大《おお》きな声《こえ》を出《だ》した。

先生《せんせい》の駆《か》けてくる足音《あしおと》がしても私《わたし》はまだ和哉《かずや》から目《め》を逸《そ》らせなかった。

青白《あおじろ》く生気《せいき》のない顔《かお》。

それが、この間《あいだ》救急車《きゅうきゅうしゃ》に乗《の》せられていった人《ひと》にあまりにも似《に》ていたから。

そこからはまるで切《き》り取《と》られた映像《えいぞう》のように、場面《ばめん》がめまぐるしく変《か》わっていった。

先生《せんせい》が誰《だれ》かに「救急車《きゅうきゅうしゃ》を！」と指示《しじ》する声《こえ》。

集《あつ》まるクラスメイト。

力《ちから》なく肩《かた》で繰《く》り返《かえ》す和哉《かずや》の息《いき》。遠《とお》くから救急車《きゅうきゅうしゃ》のサイレンが聞《き》こえてもまだ、私《わたし》はその場《ば》から動《うご》けずにいた。

やがて視界《しかい》は教室《きょうしつ》の見慣《みな》れた風景《ふうけい》に変《か》わり、そして、放課後《ほうかご》になっていた。

なんだか一瞬《いっしゅん》のようで長《なが》い時間《じかん》が経《た》ったことを知《し》る。

「きっと大丈夫《だいじょうぶ》だよ」

声《こえ》に顔《かお》をあげると、紗枝《さえ》が心配《しんぱい》そうに私《わたし》を見《み》ていた。

「あ……」

久《ひさ》しぶりに声《こえ》を発《はっ》したのか、喉《のど》がカラカラなことに気《き》づいた。

「坂口《さかぐち》くん、きっと大丈夫《だいじょうぶ》。私《わたし》の統計《とうけい》によると、今《いま》の医学《いがく》ってすごいんだから」

「うん」

うなずくけれど、一度《いちど》感《かん》じた不安《ふあん》はどんどん気持《きも》ちを重《おも》くさせているようだった。

まさかあの元気《げんき》な和哉《かずや》が倒《たお》れるなんて……。

そういえば『最近体調《さいきんたいちょう》悪《わる》い』って言《い》ってたのに。もっと早《はや》くに病院《びょういん》に連《つ》れていけていたなら……。

後悔《こうかい》が知《し》らずに唇《くちびる》をかみしめさせていた。

「森崎《もりさき》」

担任《たんにん》の先生《せんせい》に呼《よ》ばれて立《た》ちあがっても、なぜかいるはずのない和哉《かずや》の席《せき》を見《み》やってしまう。

教壇《きょうだん》の前《まえ》まで行《い》くと、小太《こぶと》りの担任《たんにん》の先生《せんせい》が困《こま》ったような顔《かお》をしていた。

「坂口《さかぐち》のこと、心配《しんぱい》だな」

「はい」

「悪《わる》いけど、帰《かえ》りにあいつの荷物《にもつ》持《も》っていってもらえないかな」

「……はい」

同《おな》じ言葉《ことば》でしか返事《へんじ》を返《かえ》せない。

まだフワフワと夢《ゆめ》のなかを漂《ただよ》っているような感覚《かんかく》。

そっか……病院《びょういん》へ運《はこ》ばれちゃったから荷物《にもつ》もそのままなんだ。

「家《いえ》に届《とど》けてくれてもいいし、まだ病院《びょういん》にいるらしいからそこへでもいいんだけど」

上目遣《うわめづか》いで窺《うかが》うような表情《ひょうじょう》の先生《せんせい》に、軽《かる》くうなずくとホッとした顔《かお》を浮《う》かべている。

「病院《びょういん》ってどこですか？」

そう尋《たず》ねた私《わたし》に、先生《せんせい》は学校《がっこう》の近《ちか》くにある総合病院《そうごうびょういん》の名前《なまえ》を告《つ》げた。

胸《むね》が、騒《さわ》がしい。

最近《さいきん》できた総合病院《そうごうびょういん》は、ガラス張《ば》りで午後《ごご》の日差《ひざ》しがおだやかに降《ふ》り注《そそ》いでいる。まるでホテルのロビーみたいに茶色《ちゃいろ》で統一《とういつ》されたエントランスホールを抜《ぬ》け、正面《しょうめん》に見《み》えるエレベーターに乗《の》りこんだ。

上《うえ》にあがるときのふわっとした浮遊感《ふゆうかん》に、めまいが起《お》きたのかと目《め》を閉《と》じた。

和哉《かずや》の蒼白《そうはく》な顔《かお》が忘《わす》れられない。忘《わす》れたくても、何度《なんど》も何度《なんど》も脳裏《のうり》に浮《う》かんでは呼吸《こきゅう》を苦《くる》しくさせている。

先生《せんせい》に教《おし》えてもらった病室《びょうしつ》へ急《いそ》いで向《む》かうと、部屋《へや》の入《い》り口《ぐち》に和哉《かずや》の名前《なまえ》がマジックで書《か》かれていた。

扉《とびら》に手《て》をかけて、開《あ》けようと思《おも》ったけれど、なぜかそこから固《かた》まったみたいに動《うご》けなくなる。

どんな顔《かお》をして会《あ》えばいいの？

もしも大変《たいへん》な状況《じょうきょう》だったならどうすれば……？

悪《わる》い考《かんが》えばかりが頭《あたま》のなかでぐるぐる回《まわ》るから、指先《ゆびさき》にまで脳《のう》からの指令《しれい》が届《とど》いていないみたい。そのときだった。

「今《いま》、和哉《かずや》は寝《ね》とるで」

声《こえ》が耳《みみ》に届《とど》き、振《ふ》り向《む》くと壁沿《かべぞ》いに三《みっ》つ置《お》かれた椅子《いす》のひとつに座《すわ》っている女性《じょせい》がまっすぐに私《わたし》を見《み》ていた。

「寝《ね》てる……？」

「検査《けんさ》が終《お》わったとこや。薬《くすり》かなんかの影響《えいきょう》みたいでぐっすり寝《ね》てるわ。こっちの気《き》も知《し》らずにのん気《き》なもんやで」

軽《かる》く笑《わら》い声《ごえ》をあげた女性《じょせい》は、きれいな人《ひと》だった。

大《おお》きな瞳《ひとみ》に意志《いし》を感《かん》じる眉《まゆ》、長《なが》い前髪《まえがみ》を片方《かたほう》だけ耳《みみ》にかけている。

「あの……」

立《た》ちあがった女性《じょせい》の姿《すがた》を見《み》て、

「うわ」

私《わたし》は思《おも》わずあとずさりをしてしまった。

それもそのはず、女性《じょせい》が着《き》てる服《ふく》があまりに特徴的《とくちょうてき》だったのだ。巻《ま》きスカートは茶色《ちゃいろ》でシックな感《かん》じで問題《もんだい》なし。

しかし、着《き》ている七分袖《しちぶそで》のシャツ、さらには上《うえ》からはおっているパーカーの柄《がら》が……。

「ヒョウ柄《がら》……」

心《こころ》で思《おも》ったことが言葉《ことば》に出《で》てしまい、しまったと両手《りょうて》で口《くち》をおさえても遅《おそ》い。

女性《じょせい》は一瞬《いっしゅん》眉《まゆ》をひそめてから、

「ああ、これ？」

自分《じぶん》の服《ふく》を見《み》おろして笑《わら》った。

「やっぱスカートもヒョウ柄《がら》にしたほうがよかったやろ？　ちゃうねん、急《きゅう》に呼《よ》ばれたから慌《あわ》てて来《き》てもうてん」

そういうことじゃないんだけどな……。

思《おも》いっきり戸惑《とまど》った表情《ひょうじょう》を浮《う》かべてしまいそうになり、ムリして笑《え》みを作《つく》る。

「昔《むかし》っからヒョウ柄《がら》が好《す》きやねん。よう似合《にあ》ってるやろ？」

上半身《じょうはんしん》だけに視線《しせん》がロックされながらもなんとかうなずく私《わたし》に、女性《じょせい》はその長《なが》い腕《うで》を組《く》んで首《くび》をかしげた。

「ひょっとして……苗乃《なえの》ちゃんちゃう？」

「あ、はい。……あれ？」

そこまで口《くち》にして思《おも》い当《あ》たる。

「ひょっとして……朱美《あけみ》さん？」

「うわぁ久《ひさ》しぶりやなぁ！」

大《おお》きな声《こえ》で叫《さけ》ぶや否《いな》や、私《わたし》は朱美《あけみ》さんに抱《だ》きしめられていた。ふわり、香水《こうすい》のにおいが私《わたし》を包《つつ》みドギマギした。

朱美《あけみ》さんは和哉《かずや》の歳《とし》の離《はな》れたお姉《ねえ》さんで、彼《かれ》の家《いえ》に遊《あそ》びに行《い》ったときによく会《あ》っていた。朱美《あけみ》さんが大阪《おおさか》の高校《こうこう》に進学《しんがく》してからは会《あ》っていなかったから、5年《ねん》ぶりくらい？

それにしてもあまりにも大人《おとな》になっていて、ドキドキしてしまう。大阪弁《おおさかべん》のイメージはなかったから、向《む》こうで覚《おぼ》えたのだろう。

いろんなことを考《かんが》えているうちに、ようやく我《われ》に返《かえ》った私《わたし》は朱美《あけみ》さんの体《からだ》から離《はな》れた。

「あの、朱美《あけみ》さん。それより和哉《かずや》の容態《ようだい》は？」

病室《びょうしつ》の方《ほう》を振《ふ》り返《かえ》って尋《たず》ねると、朱美《あけみ》さんは軽《かる》くうなずいた。

「しばらく入院《にゅういん》やって」

「入院《にゅういん》？　なにかよくない病気《びょうき》なんですか……？」

「まだ検査結果《けんさけっか》がわからんからなんとも。今《いま》、お母《かあ》さんが先生《せんせい》に呼《よ》ばれているんやけどな。ま、大丈夫《だいじょうぶ》とちゃう？」

あっけらかんと言《い》った朱美《あけみ》さんは、昔《むかし》からこんな性格《せいかく》だったと思《おも》い出《だ》す。どんな状況《じょうきょう》でも明《あか》るくて、私《わたし》の憧《あこが》れだったな。

朱美《あけみ》さんが『大丈夫《だいじょうぶ》』と言《い》うと、本当《ほんとう》にそんな気《き》がしてくるから不思議《ふしぎ》。

「じゃあ、今日《きょう》は会《あ》えないですね」

和哉《かずや》の荷物《にもつ》を手渡《てわた》して言《い》うと、

「敬語《けいご》なんて使《つか》わんといてや。昔《むかし》みたいに話《はな》してくれんと他人《たにん》みたいやん」

なんてすねている。

そういえば、子《こ》どものころは、友達《ともだち》みたいに話《はな》していたっけと、遠《とお》い記憶《きおく》を探《さぐ》った。

だけどうまく言葉《ことば》にできずに、視線《しせん》がつい病室《びょうしつ》のドアに向《む》いてしまう。

「苗乃《なえの》ちゃんが来《き》たことは責任《せきにん》持《も》ってあたしが伝《つた》えておくからさ」

大《おお》きな口《くち》を開《ひら》いてニッと笑《え》みを作《つく》る朱美《あけみ》さんに、あいまいにほほ笑《え》んでから私《わたし》はもう一度《いちど》病室《びょうしつ》を見《み》やった。

……和哉《かずや》に会《あ》いたいと思《おも》ったのは、初《はじ》めてのことだった。

エレベーターで一階《いっかい》におりると、さっきまでの景色《けしき》と違《ちが》って見《み》えた。

気持《きも》ちが少《すこ》し軽《かる》くなって、夕暮《ゆうぐ》れのオレンジが差《さ》し込《こ》むエントランスホールは絵画《かいが》のようにキレイ。

和哉《かずや》はきっと大丈夫《だいじょうぶ》。

朱美《あけみ》さんの言葉《ことば》を信《しん》じ、帰《かえ》ろうとしたそのとき。

壁沿《かべぞ》いの長椅子《ながいす》に腰《こし》をおろしている女性《じょせい》が目《め》に入《はい》った。

見覚《みおぼ》えのあるその女性《じょせい》は、体《からだ》を小《ちい》さくして両手《りょうて》をぎゅっと祈《いの》るように合《あ》わせている。

和哉《かずや》のお母《かあ》さんだ。

「おばさん？」

どうしてこんなところに？　と思《おも》う前《まえ》に私《わたし》は声《こえ》をかけていた。

ハッと顔《かお》をあげたおばさんを見《み》て言葉《ことば》を失《うしな》う。頬《ほお》に涙《なみだ》を流《なが》して顔《かお》をゆがませていたから。

「あ……苗乃《なえの》ちゃ……」

途中《とちゅう》まで口《くち》にしたおばさんは、自分《じぶん》が泣《な》いていることにそこで気《き》づいたようにゴシゴシと頬《ほお》を拭《ぬぐ》って立《た》ちあがった。

「あの……」

戸惑《とまど》う私《わたし》に、おばさんは、

「ごめんなさい。私《わたし》ったら……」

ムリして笑《え》みを浮《う》かべているように見《み》える。

「和哉《かずや》に会《あ》いにきてくれたの？」

おばさんの瞳《ひとみ》がまた潤《うる》みだす。どうして泣《な》いているの？

不安《ふあん》がまた胸《むね》を覆《おお》い出《だ》す感覚《かんかく》に固《かた》まっていると、

「ありがとう。ごめんなさいね」

耐《た》え切《き》れないようにおばさんは頭《あたま》を下《さ》げるとエレベーターのほうへ小走《こばし》りで去《さ》っていった。振《ふ》り返《かえ》ることもせずに開《ひら》いた扉《とびら》に消《き》えてゆくのを見送《みおく》ってから、私《わたし》はおばさんが座《すわ》っていた場所《ばしょ》へ腰《こし》をおろした。

検査結果《けんさけっか》を聞《き》きにいったおばさんが泣《な》いていた。

「ひょっとして……」

言《い》いかけてすぐに口《くち》をつぐんだ。

悪《わる》い想像《そうぞう》をするのはダメ、と言《い》い聞《き》かせても一度《いちど》浮かんだ考《かんが》えはこびりついて離《はな》れてくれない。

あのリストを見《み》てから、人《ひと》の死《し》が近《ちか》くに存在《そんざい》している。

スカートのポケットに手《て》を入《い》れて、指先《ゆびさき》に触《ふ》れる感触《かんしょく》にゴクリと唾《つば》を飲《の》みこむ。

見《み》たくない。だけど、このままじゃ不安《ふあん》に押《お》しつぶされそう。

ゆっくりと紙《かみ》を手元《てもと》に持《も》ってくると、笑《わら》っちゃうくらい手《て》が震《ふる》えている。真《ま》っ黒《くろ》いリストが、宙《ちゅう》に穴《あな》を空《あ》けたみたいに見《み》えた。

ここに……和哉《かずや》の名前《なまえ》があったとしたら？

ゆっくりとリストを開《ひら》くと、記《しる》されている全《すべ》ての名前《なまえ》が日本語《にほんご》に変《か》わっていた。左端《ひだりはし》にある白《しろ》い文字《もじ》で書《か》かれた名前《なまえ》の欄《らん》を上《うえ》から順《じゅん》に見《み》ていく。

寒《さむ》くもないのに体《からだ》が震《ふる》え、歯《は》がガチガチと鳴《な》っている。漢字《かんじ》が羅列《られつ》されているたくさんの氏名《しめい》は、まるで暗号《あんごう》のよう。

紙《かみ》の下《した》から三行目《さんぎょうめ》で目《め》が止《と》まる。

「ああ……」

目《め》の前《まえ》が真《ま》っ暗《くら》になる感覚《かんかく》。

スポットライトに照《て》らされたように、その名前《なまえ》だけがしんと静《しず》まる世界《せかい》で見《み》えている。
そこには、『坂口和哉《さかぐちかずや》』と書《か》かれてあった。

# 第《だい》三《さん》章《しょう》──悲《かな》しみは黄金《こがね》色《いろ》

学校《がっこう》を休《やす》むことになったのは、私《わたし》から言《い》い出《だ》したことではなかった。

一睡《いっすい》もできないまま迎《むか》えた朝《あさ》、制服《せいふく》に着替《きが》えて台所《だいどころ》に行《い》くと私《わたし》の顔《かお》を見《み》たお母《かあ》さんがひと言《こと》、

「今日《きょう》休《やす》む？」

と尋《たず》ねてきたのだ。

「え？」

言《い》われた意味《いみ》がわからずに聞《き》き返《かえ》すとお母《かあ》さんはスポーツドリンクのペットボトルを手渡《てわた》してきた。

「休《やす》んだほうがいいでしょ？」

「どうして？」

「たくさん泣《な》いたのなら水分補給《すいぶんほきゅう》しなきゃ」

そう言《い》ったお母《かあ》さんのさみしげな表情《ひょうじょう》がぼやけた。

泣《な》いちゃダメ、と思《おも》えば思《おも》うほど一気《いっき》に涙《なみだ》があふれ、

「ごめん」

小《ちい》さく言葉《ことば》にすることしかできなかった。

「そういうこともあるわよ。理由《りゆう》は聞《き》かないから、言《い》えるようになったら教《おし》えてね」

「……わかった」

両手《りょうて》で握《にぎ》りしめるペットボトルがひんやり冷《つめ》たかった。

「じゃあ……寝《ね》るね」

小声《こごえ》でつぶやいて背《せ》を向《む》けると、

「苗乃《なえの》」

お母《かあ》さんが呼《よ》びかけてきたので振《ふ》り向《む》く。

「悲《かな》しいなら泣《な》けばいいよ。でも、負《ま》けちゃダメだよ。あなたにできることがあるなら、逃《に》げないで立《た》ち向《む》かうの」

ガッツポーズを作《つく》ってみせるお母《かあ》さんに、小《ちい》さくうなずく。なんだかお腹《なか》のあたりが温《あたた》かくて、余計《よけい》に涙《なみだ》はぽろぽろ落《お》ちる。

鼻《はな》をすりながら部屋《へや》にもどるとベッドに仰向《あおむ》きに倒《たお》れこんだ。

なんだか全部《ぜんぶ》が夢《ゆめ》の出来事《できごと》のようで現実感《げんじつかん》なんてない。

あのリストが死《し》のリストで、そこに和哉《かずや》の名前《なまえ》があったなんて、まだ心《こころ》の半分《はんぶん》は信《しん》じ切《き》れていない。それでもどんどん出《で》てくる涙《なみだ》が『あれは本当《ほんとう》のことだよ』と私《わたし》の耳元《みみもと》でささやいているみたい。

カーテンを閉《し》めベッドに横《よこ》になっても、やはり眠《ねむ》ることはできなかった。

リストも見《み》てしまうと現実《げんじつ》のことだと認《みと》めてしまいそうで、あれから一度《いちど》も開《ひら》くことができなかった。

バタン
お母《かあ》さんが仕事《しごと》に行《い》ったのだろう、玄関《げんかん》のドアが閉《し》まる音《おと》に続《つづ》いてカギをかける金属音《きんぞくおん》が聞《き》こえた。

静《しず》かになった部屋《へや》で、薄暗《うすぐら》い天井《てんじょう》を眺《なが》めても浮《う》かぶのは同《おな》じ顔《かお》ばかり。

「和哉《かずや》……」

リストにあった彼《かれ》の名前《なまえ》。

どうして和哉《かずや》の名前《なまえ》があそこにあるのだろう。

冗談《じょうだん》でもなんでもなく、リストに書《か》かれている最初《さいしょ》のふたりは、名前《なまえ》の右《みぎ》に記《しる》してある日時《にちじ》の頃《ころ》に亡《な》くなっている。

突然《とつぜん》倒《たお》れた和哉《かずや》、おばさんの涙《なみだ》……。

目《め》を強《つよ》く閉《と》じても、あの状況《じょうきょう》が私《わたし》にこの先《さき》の未来《みらい》に起《お》きる悲劇《ひげき》を伝《つた》えている。

「どうしよう……」

何度《なんど》もつぶやく同《おな》じ言葉《ことば》に、ずっと浮《う》かんだままの和哉《かずや》の笑顔《えがお》が消《き》えてくれない。

小学校《しょうがっこう》から同《おな》じクラスの和哉《かずや》という友達《ともだち》。

初《はじ》めて会《あ》った日《ひ》のいたずらっぽい笑顔《えがお》、小学校《しょうがっこう》の修学旅行《しゅうがくりょこう》で道《みち》に迷《まよ》った私《わたし》を必死《ひっし》になって探《さが》しにきてくれたこと、中学《ちゅうがく》の入学式《にゅうがくしき》で遠《とお》くから私《わたし》の名前《なまえ》を呼《よ》ぶ大《おお》きな声《こえ》。

私《わたし》の毎日《まいにち》には和哉《かずや》がいてくれて、それが当《あ》たり前《まえ》だと思《おも》っていた。

だけど、もうすぐいなくなってしまう……。

ドクン
胸《むね》が大《おお》きく鳴《な》った。そっと手《て》を当《あ》てると、速《はや》くて温《あたた》かい鼓動《こどう》が肌《はだ》に伝《つた》わってくる。

痛《いた》くて苦《くる》しくて、あったかい。

「そっか……」

……私《わたし》は、和哉《かずや》のことがずっと好《す》きだったんだ。

目《め》を閉《と》じて、これ以上涙《いじょうなみだ》がこぼれないように両手《りょうて》でまぶたを押《お》さえた。

初《はじ》めて知《し》る自分《じぶん》の気持《きも》ちを抵抗《ていこう》なく受《う》け入《い》れている。いなくなることがわかってから気《き》づくなんて、遅《おそ》すぎるよね。

誰《だれ》かを好《す》きになることなんて、私《わたし》にはないと思《おも》っていたのに。

前《まえ》から好《す》きだったのに、見《み》ないフリしていたのかもしれない。

「今《いま》さら気《き》づいても遅《おそ》すぎるよ」

もっと早《はや》く気《き》づいていたなら、和哉《かずや》に想《おも》いを伝《つた》えられたはず。悔《くや》しさを含《ふく》んだ悲《かな》しみは、涙《なみだ》となって止《と》まることなく流《なが》れ続《つづ》ける。

それからの私《わたし》は、泣《な》き疲《つか》れたら少《すこ》し寝《ね》て、目《め》が覚《さ》めてはまた泣《な》いた。

どれくらい繰《く》りかえしたのか、壁《かべ》にかかっている時計《とけい》が午後一時《ごごいちじ》を示《しめ》していた。

朝《あさ》よりは落《お》ち着《つ》いた気持《きも》ちのまま考《かんが》える。

『あなたにできることがあるなら、逃《に》げないで立《た》ち向《む》かうの』

朝《あさ》、お母《かあ》さんに言《い》われたことを思《おも》いだした。

私《わたし》にできることなんてあるの？

――ない、と思《おも》う。

立《た》ち向《む》かうってどんなふうに？
――わからない。
じゃあ、このまま和哉《かずや》を見送《みおく》っていいの？

「それはイヤ」

ベッドの上《うえ》に体《からだ》を起《お》こしてカーテンのすき間《ま》から見《み》える空《そら》を見《み》つめた。

あのリストが本当《ほんとう》に起《お》きることだとしたら、私《わたし》が持《も》っていることに意味《いみ》はあるはず。

カーテンを開《あ》けてまぶしさに目《め》を細《ほそ》めながら私《わたし》は決意《けつい》する。

「和哉《かずや》の死《し》を止《と》めてみせる」

言葉《ことば》とは裏腹《うらはら》に、不安定《ふあんてい》に心《こころ》が揺《ゆ》れているのが自分《じぶん》でもわかった。


それから今後《こんご》の行動《こうどう》を決《き》めるまで三十分《さんじっぷん》、支度《したく》をして家《いえ》を出《で》るまでさらに一時間《いちじかん》がかかってしまった。

動《うご》きやすい服装《ふくそう》のほうがいい、とパンツスタイルを選《えら》び自転車《じてんしゃ》に乗《の》って外《そと》に出《で》ると秋風《あきかぜ》が攻撃《こうげき》してくるように吹《ふ》き付《つ》けてくる。

「負《ま》けないから」

力《ちから》を入《い》れてペダルをこいだ。向《む》かっているのは、リストに書《か》かれている和田怜子《わだれいこ》という女性《じょせい》が住《す》んでいる場所《ばしょ》。

名前《なまえ》の横《よこ》には『2920181029154359』という数字《すうじ》があった。

現在《げんざい》二十九歳《にじゅうきゅうさい》で、これから一時間後《いちじかんご》の三時四十三分五十九秒《さんじよんじゅうさんぷんごじゅうきゅうびょう》に亡《な》くなるということだろう。

前回《ぜんかい》の死《し》から三週間近《さんしゅうかんちか》くが経《た》っていて、その間《あいだ》にも誰《だれ》かが亡《な》くなっていたみたい。吉田真知子《よしだまちこ》さんから和田怜子《わだれいこ》さんの間《あいだ》には三人《さんにん》の名前《なまえ》が記《しる》されてあった。

住所《じゅうしょ》を見《み》るとどれも同《おな》じ町名《ちょうめい》が記《しる》されている。

つまり、このリストは「この町《まち》」で亡《な》くなる人《ひと》の情報《じょうほう》が書《か》かれているのだろう。もう何人《なんにん》もの人《ひと》が亡《な》くなっているなんて不思議《ふしぎ》。

あの不思議《ふしぎ》な少年《しょうねん》に会《あ》えば、きっとなにかわかるはず。和哉《かずや》を死《し》なせないようにするためのヒントが欲《ほ》しかった。

なだらかな上《のぼ》り坂《ざか》でペダルを必死《ひっし》でこいでいるけれど、風《かぜ》が強《つよ》くてなかなか進《すす》まない。

初《はじ》めてリュウと会《あ》った公園《こうえん》の横《よこ》を通《とお》り過《す》ぎようとしたとき、とっさに自転車《じてんしゃ》のブレーキをかけていた。

視界《しかい》の端《はし》になにかが見《み》えた気《き》がしたから。

自転車《じてんしゃ》をおりて公園《こうえん》のなかをのぞいてみると、小《ちい》さな子《こ》どもを連《つ》れた家族《かぞく》が砂場《すなば》で遊《あそ》んでいる。そして、右側《みぎがわ》にあるブランコに誰《だれ》かが乗《の》っている。

前回《ぜんかい》と同《おな》じように砂利《じゃり》を踏《ふ》みながら近《ちか》づくと、リュウが肩《かた》で息《いき》をしながら声《こえ》も出《だ》さずに泣《な》いていた。

「リュウ？」

声《こえ》をかけた私《わたし》にリュウはハッと顔《かお》をあげ、慌《あわ》てて黒《くろ》いスーツの袖《そで》で何度《なんど》も目《め》のあたりを拭《ぬぐ》った。こんなところまで前回《ぜんかい》と同《おな》じだなんて。

「苗乃《なえの》か。何《なん》の用《よう》だ」

ぶすっとした声《こえ》で言《い》うけれど、涙声《なみだごえ》のリュウ。前《まえ》みたいにイラつくこともなく私《わたし》は手《て》すりに手《て》をかけて言《い》う。

「今《いま》、泣《な》いていたでしょう？」

「な、泣《な》いてないぞ。ただ眠《ねむ》かっただけだ」

胸《むね》を反《そ》らせて口《くち》にしたリュウだったけれど、すぐにうなだれてしまう。強《つよ》がる気力《きりょく》もないみたい。

「また迷子《まいご》なの？」

「違《ちが》う」

「じゃあどうして泣《な》いているの？」

「泣《な》いてなんか――」

大《おお》きく口《くち》を開《ひら》いたとたん、涙《なみだ》がぽろりと頬《ほお》を伝《つた》ってしまい慌《あわ》てて袖《そで》で拭《ぬぐ》っている。

「くそっ」

苛立《いらだ》ちをぶつけるように地面《じめん》を足《あし》で蹴《け》ったリュウは、鼻《はな》から大《おお》きなため息《いき》をこぼした。

怒《おこ》ったり落《お》ちこんだり忙《いそが》しいリュウに、

「どうしたのよ」

さすがに声《こえ》をかけると彼《かれ》は迷《まよ》ったようにじっと私《わたし》を見《み》てから答《こた》えた。

「リストがないんだよ」

今度《こんど》は私《わたし》が動揺《どうよう》してしまう。

ヤバい……。

「再発行《さいはっこう》しなかったの？」

「そりゃできるものならそうしたいよ。だけど、やっと念願《ねんがん》の職《しょく》につけたんだぜ。もしも再発行《さいはっこう》なんかしたら僕《ぼく》みたいな新人《しんじん》、あっという間《ま》に職《しょく》を奪《うば》われちゃうだろ」

「新人《しんじん》なんだ……」

「だれでも最初《さいしょ》は新人《しんじん》なんだ」

たしかに見《み》た目《め》は小学生《しょうがくせい》そのものだし。

「ああ、もうどうすればいいんだよ」

頭《あたま》を抱《かか》えるリュウに、少《すこ》し罪悪感《ざいあくかん》が芽生《めば》える。私《わたし》が拾《ひろ》ってしまったばかりに困《こま》らせてしまっているんだ……。

でも、私《わたし》にも解決《かいけつ》したいことがあり、簡単《かんたん》には返《かえ》せない事情《じじょう》があるわけで。

「リュウ、もしも私《わたし》がそのリストを見《み》つけたなら……お願《ねが》いを聞《き》いてもらえる？」

「見《み》つけたのか？」

「……もしも、の話《はなし》ね」

ごまかす私《わたし》をじいっと見《み》つめたリュウは、やがてゆっくりと立《た》ちあがったかと思《おも》うと、ふわりと宙《ちゅう》に浮《う》かんだので「ひゃ」と悲鳴《ひめい》をあげてしまった。

やっぱり人間《にんげん》じゃないんだ……。

「苗乃《なえの》、お前《まえ》ウソついてるな」

「え？」

音《おと》もなく私《わたし》の前《まえ》にきたリュウの目《め》は、見《み》たこともないくらい冷《ひ》ややかに見《み》えた。

丸《まる》い黒目《くろめ》がリストと同《おな》じくらい真《ま》っ黒《くろ》で、目《め》を逸《そ》らせない。

「お前《まえ》、リストを持《も》っているんだろ？　だとしたら僕《ぼく》はお前《まえ》を殺《ころ》す」

「ちょっと待《ま》ってよ！　だいたいあそこで落《お》としたのはリュウのほうでしょ!?」

「あそこ？」

ピクンとリュウの片方《かたほう》の眉《まゆ》があがり、私《わたし》は青《あお》ざめる。

バカ、と自分《じぶん》を責《せ》めても遅《おそ》い。宙《ちゅう》で足《あし》を組《く》んだリュウに小学生《しょうがくせい》らしい子《こ》どもっぽさはどこにもなく、まるで悪魔《あくま》のようだ。

「リストを返《かえ》せ。さもなくば殺《ころ》す」

低音《ていおん》で要求《ようきゅう》するリュウに、

「わかった。わかったからちょっと待《ま》って」

あとずさりをしながら右《みぎ》のポケットに手《て》を入《い》れた。

交渉《こうしょう》をするつもりが防戦一方《ぼうせんいっぽう》になってしまっている。リストを取《と》り出《だ》すと、リュウに乱暴《らんぼう》に奪《うば》い取《と》られてしまった。

「お前《まえ》のせいで、三人分《さんにんぶん》も仕事《しごと》がたまってしま

った」

「なによそれ。私《わたし》のせいだけじゃないでしょう？　それより私《わたし》のお願《ねが》いも聞《き》いてほしいの」

「うるさい。苗乃《なえの》がすぐに返《かえ》さないから、こんな面倒《めんどう》なことになってるんだぞ。僕《ぼく》は仕事《しごと》に戻《もど》らないと」

さっきまで泣《な》いていたくせに、リストが戻《もど》ったとたん冷静《れいせい》さを取《と》り戻《もど》したリュウに交渉《こうしょう》は通《つう》じない。

これじゃあ、和哉《かずや》を助《たす》けられなくなってしまう。

が、リストを開《ひら》いたリュウが目《め》を丸《まる》くして「ひゃあ」と悲鳴《ひめい》のような高《たか》い声《こえ》を発《はっ》した。

「どういうことだよ……これ」

バサッと音《おと》を立《た》てて開《ひら》いたリストを私《わたし》に見《み》せてくる。

「地球語《ちきゅうご》になってるじゃないか！」

「地球語《ちきゅうご》？　ああ、文字《もじ》でしょ？　なんかね……だんだん日本語《にほんご》になってきたの」

「なってきたの、じゃないよ。どうすんだよ、僕《ぼく》、こんな文字《もじ》読《よ》めないよ！」

嘆《なげ》くように地面《じめん》に膝《ひざ》から落《お》ちたリュウが肩《かた》を震《ふる》わせた。泣《な》いているのかと思《おも》ったけれど、今回《こんかい》は怒《いか》りのほうが勝《まさ》っているらしく、キッとにらんでくるので両手《りょうて》を挙《あ》げて降参《こうさん》のポーズを取《と》った。

「責任《せきにん》を取《と》れ」

「責任《せきにん》？」

「しばらく僕《ぼく》が持《も》っていれば、やがてまた元《もと》の言葉《ことば》に変《か》わってくるはず。それまでは苗乃《なえの》がリストに書《か》かれた住所《じゅうしょ》に俺《おれ》を案内《あんない》するんだ」

燃《も》えるような怒《いか》りを瞳《ひとみ》に浮《う》かべるリュウ。私《わたし》はうなずいた。

「それじゃあ……代《か》わりに私《わたし》のお願《ねが》いも聞《き》いて」

「苗乃《なえの》に交渉《こうしょう》をする権利《けんり》はない。人《ひと》の物《もの》を盗《ぬす》んでおきながらよく言《い》えたもんだな」

勢《いきお》いを取《と》り戻《もど》したのか、リュウは再《ふたた》び宙《ちゅう》に浮《う》かぶと私《わたし》と目《め》の高《たか》さを合《あ》わせた。

たしかにそうかもしれない。

だけどここでリュウにうなずいてもらうことが、私《わたし》にできる唯一《ゆいいつ》のことのように思《おも》えた。

「それじゃあ話《はなし》だけでも聞《き》いて。そのあとなら案内《あんない》するから」

頭《あたま》を下《さ》げた私《わたし》に、リュウはしばらく黙《だま》る。少《すこ》し穏《おだ》やかな表情《ひょうじょう》に戻《もど》ったように思《おも》えた。

「じゃあ移動《いどう》しながらにするか。記憶《きおく》がたしかならば、次《つぎ》の人《ひと》はあと一時間《いちじかん》くらいでリミットだろ？」

「……うん」

歩《ある》き出《だ》す私《わたし》たちを砂場《すなば》の親子《おやこ》がいぶかしげに見《み》てくる。どうしたんだろう、と隣《となり》を見《み》ると、まだリュウは宙《ちゅう》で足《あし》を組《く》んだまま浮《う》かんでいた。

「リュウ、地面《じめん》に降《お》りて。見《み》られてるよ」

小声《こごえ》で言《い》うとリュウは小《ちい》さく笑《わら》った。

「僕《ぼく》の姿《すがた》はよほどの人間《にんげん》じゃないと見《み》えない。苗乃《なえの》が特殊《とくしゅ》すぎるんだよ。たぶんあの家族《かぞく》が見《み》てるのはお前《まえ》だよ。ひとりで叫《さけ》んだり頭《あたま》を下《さ》げたりしている変《へん》なヤツだと思《おも》われているぞ」

「ウソ……」

片手《かたて》で口《くち》を押《お》さえると、たしかに親子《おやこ》は揃《そろ》って私《わたし》を怪《あや》しげに見《み》つめている。

逃《に》げるように公園《こうえん》を出《で》て、リストに書《か》かれた住所《じゅうしょ》に向《む》かう。

解決《かいけつ》の糸口《いとぐち》をつかんだような感触《かんしょく》があった。

私《わたし》はリュウに、これまでのことを話《はな》す。

リストを拾《ひろ》ったこと、死《し》のリストだと思《おも》ったこと、そして……和哉《かずや》の名前《なまえ》があったことを。

いくらリュウだって、きっと無下《むげ》に『ムリだな』とは言《い》わないよね……？

「ムリだな」

私《わたし》の話《はなし》を聞《き》き終《お》えたリュウは短《みじか》くそう言《い》った。

一瞬《いっしゅん》、目《め》の前《まえ》が真《ま》っ暗《くら》になるけれど、なんとか持《も》ち直《なお》して自転車《じてんしゃ》を押《お》しながら歩《ある》き続《つづ》ける。

「どうしてムリなの？」

「このリストに名前《なまえ》があるってことは、死《し》ぬことは決定事項《けっていじこう》ってことだ。坂口和哉《さかぐちかずや》は間違《まちが》いなくその日付《ひづけ》、その時間《じかん》に死《し》ぬし、それは誰《だれ》にも止《と》められない」

「なんとかならないの？」

あきらめきれず、必死《ひっし》に食《く》らいつく私《わたし》に、リュウは肩《かた》をすくめた。

「ムリ」

歩《ある》く足《あし》が急《きゅう》に重《おも》くなった気《き》がした。気《き》づけば歩《あゆ》みを止《と》めていた。

「おい、行《い》くぞ」

呆《あき》れた顔《かお》で振《ふ》り向《む》くリュウに、首《くび》を横《よこ》に振《ふ》った。

「お願《ねが》い。大切《たいせつ》な人《ひと》なの。なんでもするから、どうか和哉《かずや》を助《たす》けて」

「そんなことを言《い》われても、僕《ぼく》はこのリストにあるやつらがその時間《じかん》に死《し》んだかを確認《かくにん》するのが仕事《しごと》なんだ。どうすることもできない」

冷淡《れいたん》に言《い》い放《はな》つリュウに、悲《かな》しみよりも怒《いか》りがふつふつと音《おと》を立《た》てて沸《わ》いてくるのを感《かん》じる。

「どうしても？」

「しつこいな。そもそもお前《まえ》に交渉《こうしょう》をする権利《けんり》はない、と言《い》ったはずだが？」

「――じゃあ行《い》かない」

足元《あしもと》に視線《しせん》を落《お》として口《くち》にすると、リュウは大《おお》きくため息《いき》をついた。

「いい加減《かげん》にしろ」

「道案内《みちあんない》、やめる。だって和哉《かずや》が死《し》んじゃうんなら、少《すこ》しでもそばにいたいもん。リュウを道案《みちあん》内《ない》している時間《じかん》なんてないもん！」

子《こ》どものように叫《さけ》ぶと、一気《いっき》に涙《なみだ》があふれた。

やっと自分《じぶん》の気持《きも》ちを知《し》ったのに。

和哉《かずや》の存在《そんざい》の大《おお》きさがわかったのに。

ぜんぶ、手遅《ておく》れなの？

リュウは、地面《じめん》に降《お》り立《た》つとうつむく私《わたし》を見《み》あげてまたため息《いき》をこぼした。

「……わかったよ。ほら、どれが坂口和哉《さかぐちかずや》っていう文字《もじ》なんだ？」

広《ひろ》げられたリストのなかから和哉《かずや》の名前《なまえ》を指《ゆび》さすと、リュウはもう一度《いちど》ため息《いき》をついた。そっか……リストが日本語《にほんご》に変《か》わってしまったから、リュウには読《よ》めないんだ。

「坂口和哉《さかぐちかずや》が死《し》ぬのは、十六日後《じゅうろくにちご》の日曜日《にちようび》の夜《よる》だ」

「日曜日《にちようび》の夜《よる》……」

初《はじ》めて知《し》るタイムリミットに、足《あし》の力《ちから》が抜《ぬ》けて座《すわ》り込《こ》みそうになるのをグッとこらえた。今《いま》は、しっかりしてなくちゃ……。

そんな私《わたし》に、リュウは大《おお》げさにため息《いき》をついた。

「しょうがない。それまでに考《かんが》えておくから、とにかく今《いま》は道案内《みちあんない》をしてくれ」

その言葉《ことば》に彼《かれ》を見《み》た。

「本当《ほんとう》に考《かんが》えてくれる？」

「ああ。だから急《いそ》いでくれ。もし間《ま》に合《あ》わなかったらこの約束《やくそく》は無効《むこう》だからな」

一気《いっき》に重《おも》い気持《きも》ちが吹《ふ》き飛《と》ぶのを感《かん》じた私《わたし》は、自転車《じてんしゃ》にまたがった。

「飛《と》べるんならついてきて。急《いそ》ぐよ！」

うしろから、

「単純《たんじゅん》なヤツ」

と、リュウのボヤく声《こえ》が聞《き》こえた気《き》がしたけれど気《き》にしない。

何軒《なんけん》だって案内《あんない》するよ。大切《たいせつ》な和哉《かずや》が助《たす》かるのなら。

そこからは必死《ひっし》で自転車《じてんしゃ》をこいだ。

たまにうしろを確認《かくにん》すると、大《おお》あくびをしながらリュウは飛《と》んでついてきている。

右《みぎ》へ左《ひだり》へ急《いそ》ぎ、たまに止《と》まってスマホを確認《かくにん》した。住宅地《じゅうたくち》を抜《ぬ》けて高速道路《こうそくどうろ》のインターの裏側《うらがわ》へ回《まわ》ると、民家《みんか》はほとんどなくなった。

タイムリミットの五分前《ごふんまえ》に目的《もくてき》の場所《ばしょ》にようやく到着《とうちゃく》し、自転車《じてんしゃ》を降《お》りてみる。

「ここ？」

キョロキョロ見回《みまわ》すけれど、細《ほそ》い道路沿《どうろぞ》いに畑《はたけ》が並《なら》んでいるだけで家《いえ》らしきものはない。ていうか、人《ひと》の姿《すがた》も見《み》られない場所《ばしょ》。

スマホの地図《ちず》を確認《かくにん》するけれど、矢印《やじるし》の指《さ》しているのはやはりここだった。

リストの住所《じゅうしょ》が間違《まちが》っているのかも、と不安《ふあん》になりリュウを見《み》ると満足《まんぞく》そうにうなずいて地《ち》に降《お》りた。

「ここじゃないのかな……」

不安《ふあん》になって何度《なんど》も画面《がめん》の地図《ちず》を確認《かくにん》するけれど、リュウはガードレールにもたれて満足《まんぞく》げに風《かぜ》に吹《ふ》かれ目《め》を閉《と》じている。

「ここで合《あ》っているよ。死《し》の匂《にお》いがするから」

「死《し》の匂《にお》いって、そんなのあるの？」

「あるさ。お前《まえ》ら人間《にんげん》にはわからないくらいのかすかな匂《にお》いだけどな」

鼻《はな》をスンスン動《うご》かしても私《わたし》に感《かん》じられるわけもない。

ふいに、聞《き》き慣《な》れた音《おと》がした。

遠《とお》くからその音《おと》……サイレンはどんどん近《ちか》づいてきている。

自転車《じてんしゃ》のスタンドを立《た》ててリュウの隣《となり》に並《なら》ぶ。

「ねぇ、救急車《きゅうきゅうしゃ》が……」

「黙《だま》ってろ。もうすぐだから」

姿《すがた》を現《あらわ》した救急車《きゅうきゅうしゃ》が赤《あか》いランプを回《まわ》してやってくる。

「どういうこと……？」

もう一度《いちど》畑《はたけ》のあたりを見《み》ても、やっぱり誰《だれ》の姿《すがた》もない。

戸惑《とまど》っている間《あいだ》に救急車《きゅうきゅうしゃ》はスピードを落《お》とすことなく私《わたし》の前《まえ》を通《とお》り過《す》ぎていった。

低《ひく》くなったサイレンの音《おと》が小《ちい》さくなっていくのを見《み》ることしかできなかった。

やっぱりここは和田怜子《わだれいこ》さんの家《いえ》じゃなかったんだ……。ということは、私《わたし》はリュウとの約束《やくそく》を守《まも》れなかったことになる。

どうしよう、と視線《しせん》を前《まえ》に戻《もど》した私《わたし》は思《おも》わず「キャッ」と声《こえ》をあげてしまった。

道路《どうろ》の真《ま》ん中《なか》に誰《だれ》かが立《た》っていたのだ。

見《み》ると白《しろ》いワンピースを着《き》た長《なが》い髪《かみ》の女性《じょせい》だった。ぼんやりとした表情《ひょうじょう》で、ゆっくりとあたりを見《み》ている。

「彼女《かのじょ》が和田怜子《わだれいこ》だ」

隣《となり》でリュウが言《い》ったので、「なんで?」とすぐに聞《き》き返《かえ》した。

「和田怜子《わだれいこ》さんの家《いえ》がここにあるってこと? え、どこに?」

やはり畑《はたけ》しかない裏道《うらみち》には、家《いえ》らしきものは見当《みあ》たらない。リュウは腕《うで》を組《く》んで首《くび》をかしげた。

「あのリストには死《し》んだやつの住所《じゅうしょ》が載《の》っているわけじゃない。命《いのち》を落《お》とす瞬間《しゅんかん》の場所《ばしょ》が記《しる》されているんだ」

「命《いのち》を落《お》とす瞬間《しゅんかん》……。ということは、さっきの救急車《きゅうきゅうしゃ》に?」

「そうだ。和田怜子《わだれいこ》の住《す》んでいる住所《じゅうしょ》はここから三《みっ》つ隣《となり》の町《まち》。だが、この場所《ばしょ》を通《とお》り過《す》ぎた瞬間《しゅんかん》に鼓動《こどう》を止《と》めたんだ。だから、『この町《まち》で死《し》ぬ人《ひと》のリスト』に載《の》っている。てことで、ここで正《せい》解《かい》だ」

背筋《せすじ》がゾクッとしたのは、目《め》の前《まえ》にいる和田《わだ》怜子《れいこ》さんがまるで生《い》きているみたいにリアルだったから。

「これから怜子《れいこ》をあっちの世界《せかい》の入《い》り口《ぐち》まで連《つ》れていく」

そう言《い》うとリュウは怜子《れいこ》さんに向《む》かって歩《ある》いていった。

「和田怜子《わだれいこ》だな」

怜子《れいこ》さんはゆるゆると視線《しせん》を下《した》に落《お》とし、そこで初《はじ》めてリュウの存在《そんざい》を確認《かくにん》して少《すこ》し驚《おどろ》いたように目《め》を開《ひら》いた。

「あの、私《わたし》……」

「お前《まえ》は今《いま》、ここで命《いのち》を落《お》とした。だからこれからあっちの世界《せかい》へ行《い》くことになる。ここまで

はわかるか？」

こくりとうなずく怜子《れいこ》さん。

「僕《ぼく》についてくれれば、すぐにラクになれる。苗乃《なえの》はここで待《ま》ってろ。今日《きょう》はお前《まえ》のせいで死《し》を確《かく》認《にん》できなかった三人《さんにん》のところへ行《い》かなくてはならんからな」

嫌味《いやみ》たっぷりの言葉《ことば》が胸《むね》に刺《さ》さる。

「わかった」

同意《どうい》した私《わたし》に片手《かたて》を挙《あ》げてリュウは歩《ある》き出《だ》す。

リュウにつられるように歩《ある》き出《だ》した怜子《れいこ》さんは、三歩《さんぽ》進《すす》んでから立《た》ち止《ど》まった。

「あの……すみません」

小声《こごえ》で尋《たず》ねた怜子《れいこ》さんに、リュウは「質問《しつもん》はなしだ。いいから行《い》くぞ」と、あごでこっちに来《こ》いと言《い》っている。

けれど、怜子《れいこ》さんは白《しろ》いワンピースの前《まえ》で両指《りょうゆび》をからめて曇《くも》った表情《ひょうじょう》をしている。

「私《わたし》、死《し》んだのですか？」

やれやれと口《くち》から大《おお》きく息《いき》を吐《は》いたリュウが「そうだ」と言《い》った。

「お前《まえ》は死《し》んだんだ。なに、たいしたことじゃない。来世《らいせ》に期待《きたい》すればいいさ」

「私《わたし》、死《し》んだのですか？」

同《おな》じ質問《しつもん》を繰《く》りかえすけれど、さっきよりも声《こえ》のトーンが落《お》ちている。

「リュウ」

なにかおかしいと思《おも》い声《こえ》をかけるが、気《き》づいていないのかリュウは手《て》のひらを前後《ぜんご》に振《ふ》ってくる。『あっちへ行《い》け』ってこと？

それでも動《うご》かない怜子《れいこ》さんは、両手《りょうて》の拳《こぶし》をぎゅっと握《にぎ》りしめて唇《くちびる》をかんでいる。不穏《ふおん》な変化《へんか》なのに、その横顔《よこがお》が美《うつく》しく見《み》えて見《み》とれてしまう。よく見《み》ると、怜子《れいこ》さんの体《からだ》の輪郭《りんかく》は少《すこ》し薄《うす》くなっている。

この世《よ》にはもう生《い》きていないことがわかるけれど、彼女《かのじょ》はまだ受《う》け入《い》れられていないのだろう。

「おい、怜子《れいこ》」

「どうして私《わたし》は死《し》んだのですか？　さっきまで……そう、運転《うんてん》をしていたはずなんです」

変化《へんか》にようやく気《き》づいたのだろう、リュウも眉《まゆ》をひそめている。

「おかしいな。普通《ふつう》は死《し》ぬ直前《ちょくぜん》の記憶《きおく》はなくなるのに」

困《こま》った顔《かお》でこっちを見《み》てくるけれど、私《わたし》にわかるわけがない。返事《へんじ》を返《かえ》せずにいると、怜子《れいこ》さんはそこで私《わたし》に気《き》づいたみたい。

「高速道路《こうそくどうろ》を運転《うんてん》して……そう、帰《かえ》る途中《とちゅう》だったんです」

そう私《わたし》に向《む》かって言《い》った。

「あの、怜子《れいこ》さん……。今《いま》はそこのリュウの言《い》うとおりにされたほうが――」

「ウソです！」

突然大《とつぜんおお》きな声《こえ》を出《だ》した怜子《れいこ》さんが私《わたし》に駆《か》け寄《よ》ってきた。

「ウソですよね。私《わたし》が死《し》んだなんてウソにきまっています！」

「あの、落《お》ち着《つ》いてくださ――」

「だって私生《わたしい》きているじゃないですか。こんなのありえない。まるで瞬間移動《しゅんかんいどう》したみたい。ね、そうでしょう？」

怜子《れいこ》さんが私《わたし》の手《て》をつかもうと腕《うで》を伸《の》ばしたときだった。

するり
彼女《かのじょ》の手《て》は私《わたし》のそれを握《にぎ》ることはなく、すり抜《ぬ》けてしまったのだ。

「ひっ」

あとずさりをした怜子《れいこ》さんの背後《はいご》にいたリュウも戸惑《とまど》いを顔《かお》に浮《う》かべている。

「つたく、どうなってるんだよ。こんなパターンは初《はじ》めてだし、そもそも習《なら》ってない。おい、いいから行《い》くぞ」

けれど怜子《れいこ》さんはなにか思《おも》い出《だ》したように少《すこ》し目《め》を見開《みひら》くと左《ひだり》のほうを見《み》やった。

「そうだ……。あのインターで高速道路《こうそくどうろ》を降《お》りようとしたら渋滞《じゅうたい》していたんです。ああ、そのあとの記憶《きおく》は？　私《わたし》はブレーキをかけて停《と》まったはず……それからどうなったの？」

すがるように私《わたし》を見《み》る彼女《かのじょ》の目《め》はせわしなく左右《さゆう》に揺《ゆ》れている。

不安《ふあん》でたまらない様子《ようす》が表情《ひょうじょう》に出《で》ている。

「いい加減《かげん》にしろ。時間《じかん》がないんだよ」

怜子《れいこ》さんの腕《うで》をつかんだリュウ。

人間《にんげん》じゃない者同士《ものどうし》は触《ふ》れられるんだ……。

改《あらた》めてふたりがこの世《よ》に生《い》きていないことを知《し》り、背筋《せすじ》を冷《つめ》たい感触《かんしょく》が駆《か》け上《のぼ》った。

「行《い》きません」

きっぱりとした言《い》いかたで宣言《せんげん》するように口《くち》にした怜子《れいこ》さん。

「「え？」」

私《わたし》とリュウの声《こえ》が重《かさ》なる。

「私《わたし》……納得《なっとく》できません。あっちの世界《せかい》になんて行《い》きたくない」

「わけのわからないことを言《い》うな」

強《つよ》く引《ひ》っ張《ば》るリュウの腕《うで》を振《ふ》りほどいた怜子《れいこ》さんは何度《なんど》も首《くび》を横《よこ》に振《ふ》った。

「わけがわからないのは私《わたし》のほうです。だって、もうすぐ夢《ゆめ》が……夢《ゆめ》が叶《かな》うはずだったのに、もう少《すこ》しだったのに……どうしてこんなことに？」

「運命《うんめい》だとあきらめろ」

もう一度《いちど》怜子《れいこ》さんの腕《うで》をつかもうとしたリュウは、

「イヤ！」

叫《さけ》んだ怜子《れいこ》さんに次《つぎ》の瞬間《しゅんかん》、突《つ》き飛《と》ばされていた。それは人間《にんげん》ではありえないほどの強《つよ》い力《ちから》で、リュウは弧《こ》を描《えが》いて飛《と》び、ガシャンとすごい音《おと》とともにガードレールに体《からだ》をぶつけて崩《くず》れ落《お》ちる。

「リュウ！」

思《おも》わず駆《か》け寄《よ》ると痛《いた》みにうめいてリュウは苦《くる》しそうに顔《かお》をゆがめている。

普《ふ》通《つう》の人間《にんげん》が押《お》したくらいではこんなふうに飛《と》ばされたりしない。

彼女《かのじょ》の怒《いか》りをぜんぶリュウにぶつけたみたいな、すごい力《ちから》……。

「リュウ、しっかりして」

体《からだ》を抱《かか》え起《お》こしながら、私《わたし》もリュウに触《さわ》れることに気《き》づく。

悪魔《あくま》には触《さわ》れるってことか。

そういえば、リストのやり取《と》りもできていたし。

一瞬《いっしゅん》泣《な》きそうな顔《かお》になってから、リュウはグッとこらえるように歯《は》を食《く》いしばった。

「えらい。泣《な》かずによくがんばったね」

「いてぇ……この僕《ぼく》に手《て》を出《だ》すとはいい度胸《どきょう》してやがる」

「大丈夫《だいじょうぶ》？」

「ああ」

とつぶやいて顔《かお》をあげたリュウが、

「いや、大丈夫《だいじょうぶ》じゃない」

素早《すばや》く立《た》ちあがった。

「苗乃《なえの》、怜子《れいこ》は？」

「え？」

振《ふ》り返《かえ》って気《き》づく。

もう怜子《れいこ》さんの姿《すがた》はそこにはなく、赤土《あかつち》の畑《はたけ》が広《ひろ》がっているだけだった。

「お前《まえ》みたいなやつのこと、なんて言《い》うか知《し》ってるか？　〝役立《やくた》たず〟って言《い》うんだ」

「うん……。ごめん」

「だいたいなんで怜子《れいこ》から目《め》を離《はな》すんだ。おかげで行方不明《ゆくえふめい》になっちまったじゃないか」

さっきからリュウはぶつぶつと文句《もんく》ばかり。

夕暮《ゆうぐ》れが遠《とお》くの空《そら》をオレンジに染《そ》め出《だ》し、やがて来《く》る夜《よる》を予告《よこく》しているみたい。風《かぜ》も冷《つめ》たく、なんだか気持《きも》ちまで重《おも》くなってしまう。

たしかに怜子《れいこ》さんから目《め》を離《はな》したのは悪《わる》かったけれど、リュウがあんなふうに飛《と》ばされたんだし、駆《か》け寄《よ》ったたっておかしくないと思《おも》う。それに怒《いか》りに身《み》を任《まか》せている怜子《れいこ》さんを捕《つか》まえられた自信《じしん》もない。

そもそも触《ふ》れられないんだよ？

「まあいい。とにかく探《さが》すしかない」

「探《さが》すってどうやって？」

「そんなこと自分《じぶん》で考《かんが》えろ。僕《ぼく》は今日《きょう》までに亡《な》くなったはずの三人《さんにん》の死《し》を確認《かくにん》しにいってくるから」

先《さき》ほど、無理《むり》やり書《か》かされた三人分《さんにんぶん》の地図《ちず》を私《わたし》に見《み》えるように掲《かか》げてから、リュウは頭《あたま》をかきむしる。

「ああ、もう。なんでこんなにうまくいかないんだよ」

ここで機嫌《きげん》を損《そこ》なわれてしまっては、和哉《かずや》を助《たす》ける方法《ほうほう》を考《かんが》えてもらえなくなるかもしれない。苦虫《にがむし》をかみつぶしたような顔《かお》のリュウに、意識《いしき》してやさしく声《こえ》をかけた。

「怜子《れいこ》さんのことは、私《わたし》がなんとかするから。だから、リュウは行《い》っておいで」

「……やけに素直《すなお》だな」

「だって、リュウの役《やく》に立《た》ちたいから」

少《すこ》しオーバーかも、と心配《しんぱい》になったけれど、リュウは満足《まんぞく》そうに「ほう」と言《い》った。

「苗乃《なえの》も大人《おとな》になったな。よし、じゃあ頼《たの》んだぞ。怜子《れいこ》にあっちの世界《せかい》に行《い》くことを納得《なっとく》させるんだ」

「うん、わかった」

まかせとけと胸《むね》を叩《たた》いてみせた私《わたし》に、リュウは「またな」と宙《ちゅう》に浮《う》かぶとびゅんと飛《と》んで遠《とお》ざかっていく。

リュウの姿《すがた》が見《み》えなくなってからため息《いき》をひとつこぼす。

さて……どうしようか。怜子《れいこ》さんが行《い》きそうな場所《ばしょ》といっても、彼女《かのじょ》の情報《じょうほう》は名前《なまえ》しか知《し》らないわけだしわからない。

——和哉《かずや》は今《いま》ごろなにしているんだろう？

ひとりになるとすぐに湧《わ》き出《で》る想《おも》い。

病室《びょうしつ》でひとりっきりで不安《ふあん》なのかな？

体《からだ》の具合《ぐあい》はどうだろう。

そこまで考《かんが》えて、

「そうだ」

怜子《れいこ》さんの情報《じょうほう》を集《あつ》められそうな場所《ばしょ》が思《おも》い当《あ》たった。今《いま》ごろ怜子《れいこ》さんの体《からだ》は病院《びょういん》へ運《はこ》ばれているに違《ちが》いない。

さっき救急車《きゅうきゅうしゃ》が走《はし》って行《い》った方向《ほうこう》にあるのは、和哉《かずや》が入院《にゅういん》している総合病院《そうごうびょういん》しかないはず。

自転車《じてんしゃ》に飛《と》び乗《の》り勢《いきお》いよく走《はし》り出《だ》すと、不安《ふあん》や切《せつ》なさは風《かぜ》と一緒《いっしょ》にうしろへ飛《と》んでいくような気《き》がした。

病院《びょういん》の駐輪場《ちゅうりんじょう》に自転車《じてんしゃ》を停《と》めて正面玄関《しょうめんげんかん》に向《む》かう。

怜子《れいこ》さんの家族《かぞく》がきっと駆《か》けつけているはず。その人《ひと》たちを見《み》つけ出《だ》し、それからどうしようか……。

友達《ともだち》というには年齢《ねんれい》が離《はな》れすぎているし、趣味《しゅみ》を通《つう》じた知《し》り合《あ》いというのもムリがある。そもそも、ウソをついてまで情報《じょうほう》を探《さぐ》ることにためらいを覚《おぼ》えてしまう。

だけど私《わたし》には和哉《かずや》を助《たす》けるという使命《しめい》があるわけで……。

迷《まよ》いが足《あし》を止《と》めてしまう。

反応《はんのう》した自動《じどう》ドアが開《ひら》いたり閉《し》まったりを繰《く》りかえしても、なかに入《はい》る勇気《ゆうき》が出《で》てこない。

「困《こま》ったな……」

つぶやく声《こえ》に、

「困《こま》りました」

すぐうしろで声《こえ》が聞《き》こえギョッとして振《ふ》り向《む》いて驚《おどろ》いた。

怜子《れいこ》さんが暗《くら》い顔《かお》をして立《た》っていたからだ。

「怜子《れいこ》さん、ここにいたんですか!?」

「シッ」

赤《あか》い唇《くちびる》に人差《ひとさ》し指《ゆび》を当《あ》てると、怜子《れいこ》さんは首《くび》をかしげた。

「私《わたし》の姿《すがた》は他《ほか》の人《ひと》には見《み》えないみたいです。両親《りょうしん》にも気《き》づいてもらえませんでした」

さみしそうに言《い》ってから、唇《くちびる》に当《あ》てた指《ゆび》を敷地内《しきちない》のはしっこに向《む》けた。

「あそこで話《はな》しませんか？　聞《き》きたいことがたくさんあるんです」

どうやら少《すこ》しは落《お》ち着《つ》いたらしい様子《ようす》に、ホッとしながらついていく。

病院《びょういん》のはしにあるブロック塀《べい》に背《せ》をつけた怜子《れいこ》さんの横《よこ》に並《なら》んだ。茜色《あかねいろ》の空《そら》は夜《よる》の紫《むらさき》に侵食《しんしょく》され、もうすぐ夜《よる》になる。

怜子《れいこ》さんの姿《すがた》はさっき見《み》たときよりも薄《うす》くなっている気《き》がした。

彼女《かのじょ》も気《き》づいているのだろう、不思議《ふしぎ》そうに自分《じぶん》の両手《りょうて》をじっと見《み》つめている。

「あの、怜子《れいこ》さん……」

「さっきはごめんなさい。取《と》り乱《みだ》してしまいました」

恥《は》じるように眉間《みけん》にシワを寄《よ》せた怜子《れいこ》さんに、

「大丈夫《だいじょうぶ》ですよ。私《わたし》だって、同《おな》じ立場《たちば》ならきっと大騒《おおさわ》ぎしちゃいますから」

励《はげ》ましの言葉《ことば》を贈《おく》ると、少《すこ》しだけほほ笑《え》んでくれた。

けれど、それはすぐに悲《かな》しげな笑《わら》いに変《か》わる。

「あの男《おとこ》の子《こ》は人間《にんげん》じゃないのでしょう？」

「そうだと思《おも》います」

「私《わたし》、突《つ》き飛《と》ばしてしまいました。ケガとかしてませんでしたか？」

こんなときなのにリュウを心配《しんぱい》する怜子《れいこ》さんはやさしい人《ひと》なんだと思《おも》った。

混乱《こんらん》して病院《びょういん》へ来《き》て、だけど誰《だれ》にも自分《じぶん》の存在《そんざい》を気《き》づいてもらえないとしたら、私《わたし》ならこんなふうに落《お》ち着《つ》いていられない。

「リュウは大丈夫《だいじょうぶ》。人間《にんげん》じゃないからケガなんてしません」

勝手《かって》に決《き》めつけて言《い》う私《わたし》。

「あなた……は、えっと」

「森崎苗乃《もりさきなえの》です。私《わたし》はたぶん生《い》きています」

「たぶん？」

不思議《ふしぎ》そうに目《め》を丸《まる》くした怜子《れいこ》さんに、「いいえ」と首《くび》を横《よこ》に振《ふ》った。そんな言《い》いかた、死《し》を迎《むか》えたばかりの彼女《かのじょ》には失礼《しつれい》すぎる。

「生《い》きています」

言《い》い直《なお》した私《わたし》に、怜子《れいこ》さんは何度《なんど》かうなずいた。

「私《わたし》、死《し》んじゃったんですね」

「……はい」

「そう」と、怜子《れいこ》さんは空《そら》を見《み》あげた。

「人間《にんげん》なんて一瞬《いっしゅん》で死《し》んじゃうんですね」

横顔《よこがお》があまりに美《うつく》しく、目《め》を逸《そ》らして私《わたし》も同《おな》じ空《そら》を見《み》る。

私《わたし》になにが言《い》えるだろう？　死《し》を悼《いた》んだりなぐさめたりする言葉《ことば》は、どれもきっと彼女《かのじょ》の心《こころ》を休《やす》められない。そう思《おも》った。

「追突事故《ついとつじこ》だったそうです」

怜子《れいこ》さんはそう言《い》った。

「追突《ついとつ》？」

「料金所《りょうきんじょ》の手前《てまえ》で渋滞《じゅうたい》が発生《はっせい》していました。それに気《き》づかなかったトラックにうしろから追突《ついとつ》されたんですって。病院《びょういん》の先生《せんせい》が、さっき両親《りょうしん》に説明《せつめい》していました」

「そんな……」

「言《い》われてみれば、ひどい衝撃《しょうげき》を受《う》けたような記憶《きおく》はあります。でも、気《き》づいたら苗乃《なえの》さんたちの前《まえ》に立《た》っていたんです。痛《いた》みを覚《おぼ》えていなくてよかったなって思《おも》いました。だって私《わたし》、注射《ちゅうしゃ》ですら泣《な》いてしまうくらいなんですよ」

怜子《れいこ》さんを見《み》ると、彼女《かのじょ》はさみしげな表情《ひょうじょう》を浮《う》かべていた。

なにも言《い》えないでいる私《わたし》に、怜子《れいこ》さんは首《くび》をかしげた。

「感覚《かんかく》がおかしくなったみたいです。今《いま》、すごく泣《な》きたいのに泣《な》けないんですよ。どんどん自分《じぶん》の死《し》を受《う》け入《い》れているようで、悔《くや》しいのに穏《おだ》やかな気持《きも》ちになっていくみたいで」

「そうなんですか……」

「ごめんなさい。苗乃《なえの》さんに言《い》ってもわかりませんよね」

そう言《い》ってから怜子《れいこ》さんは「でも」と続《つづ》けた。

「もう少《すこ》しだったのにな……」

「それ、さっきも言《い》ってましたよね？」

私《わたし》の質問《しつもん》に怜子《れいこ》さんは大《おお》きなため息《いき》をついた。ふわりと揺《ゆ》れた薄《うす》い輪郭《りんかく》が、彼女《かのじょ》の不安《ふあん》を表《あらわ》しているよう。

「実《じつ》は、明日《あした》は私《わたし》の結婚式《けっこんしき》だったんです」

「結婚《けっこん》……式《しき》……」

思《おも》ってもみなかった内容《ないよう》に一瞬息《いっしゅんいき》が吸《す》えなくなる。お腹《なか》のあたりがキュッと痛《いた》み、知《し》らずにそこに手《て》を当《あ》てていた。

「ずっと楽《たの》しみにしていたのに、まさか死《し》んじゃうなんて、人生《じんせい》って不思議《ふしぎ》ですね。気《き》がついたらはじまっていて、ある日突然《ひとつぜん》終《お》わるのですから」

「怜子《れいこ》さん……」

「はじまりも終《お》わりも自分《じぶん》じゃ決《き》められないから、ちゃんと生《い》きなくちゃいけなかったのですね」

すべてを悟《さと》ったような怜子《れいこ》さんとは反対《はんたい》に、悲《かな》しみはどんどん私《わたし》を包《つつ》んでいくよう。幸《しあわ》せな瞬間《しゅんかん》の手前《てまえ》で命《いのち》を奪《うば》われたなんて、あまりにもひどすぎるよ。もしも私《わたし》が同《おな》じ立場《たちば》だったなら、きっと悔《くや》しくてたまらないだろう。

「泣《な》かないでください」

そう言《い》われて気《き》づいた。

いつの間《ま》にかポロポロと涙《なみだ》をこぼしていた。

「ごめんなさい」

本当《ほんとう》に悲《かな》しんでいるのは怜子《れいこ》さんだ。その怜子《れいこ》さんが泣《な》けないのに、赤《あか》の他人《たにん》の私《わたし》が泣《な》くのは、なんだか違《ちが》う気《き》がした。だけど、拭《ぬぐ》っても拭《ぬぐ》っても悲《かな》しみはどんどん体《からだ》から涙《なみだ》となってあふれていく。

泣《な》いちゃダメ、と必死《ひっし》に自分《じぶん》に言《い》い聞《き》かせ唇《くちびる》をかみしめた。

そんな私《わたし》に、

「夕焼《ゆうや》け公園《こうえん》って知《し》っていますか？」

怜子《れいこ》さんが言《い》った。

「あ、はい」

答《こた》えながら、黄金色《こがねいろ》に染《そ》まる風景《ふうけい》を思《おも》い出《だ》す。

「あそこで見《み》る夕暮《ゆうぐ》れが好《す》きで、仕事帰《しごとがえ》りによく立《た》ち寄《よ》っていました。そこで、彼《かれ》に出逢《であ》ったんです」

「結婚相手《けっこんあいて》の方《かた》のことですか？」

「ええ。彼《かれ》も夕暮《ゆうぐ》れの景色《けしき》を見《み》るのが好《す》きだったみたいです。はじめはお互《たが》いに公園《こうえん》のはしっこに立《た》っていたのですけれど、だんだん日《ひ》を追《お》うごとに距離《きょり》が近《ちか》くなって……。いつしか彼《かれ》に会《あ》うことが楽《たの》しみで公園《こうえん》に行《い》くようになっていました」

なつかしそうに目《め》を細《ほそ》めた怜子《れいこ》さんがクスクスと笑《わら》う。

「はじめて話《はなし》をした日《ひ》からお付《つ》き合《あ》いするまで一年《いちねん》もかかったんですよ」

「それって遅《おそ》すぎませんか？」

いくらなんでも純愛《じゅんあい》すぎる。

「でしょう？　でも、私《わたし》たちにはそれくらいのスピードが似合《にあ》っていたんですね」

そう言《い》った怜子《れいこ》さんはゆるゆると首《くび》を横《よこ》に振《ふ》ってから、

「これで良《よ》かったんだ、と今《いま》になって思《おも》いました」

そう言《い》った。

意味《いみ》がわからない私《わたし》に、彼女《かのじょ》は笑《え》みを浮《う》かべたまま目《め》を伏《ふ》せる。

「だって、もし私《わたし》が死《し》ぬのが、結婚式《けっこんしき》を挙《あ》げた翌日《よくじつ》だったとしたら彼《かれ》はもっと悲《かな》しむでしょう？　式《しき》を挙《あ》げる前《まえ》でよかったんですよ」

「怜子《れいこ》さん……」

「まだ婚姻届《こんいんとどけ》も出《だ》していないから、家族《かぞく》ではなく、他人《たにん》のまま別《わか》れることができます。大輝《だいき》もきっと立《た》ち直《なお》ってくれるはずだから」

大輝《だいき》というのが怜子《れいこ》さんの彼《かれ》の名前《なまえ》ということはわかった。

だけど、わからないことがある。

「私《わたし》はそうは思《おも》いません」

思《おも》わず口《くち》をついて出《で》てしまった言葉《ことば》に、怜子《れいこ》さんは不思議《ふしぎ》そうな顔《かお》をした。余計《よけい》なことは言《い》っちゃいけないと思《おも》っていても、口《くち》が勝手《かって》にしゃべりだす。

「怜子《れいこ》さんの気持《きも》ちはどうするんですか？　明日《あした》、幸《しあわ》せになれたはずなのに……あんまりだと思《おも》います。それなのに、どうして相手《あいて》のことばかり心配《しんぱい》するの？　私《わたし》にはわかりません」

言《い》い終《お》わってからすぐに『しまった』と口《くち》を閉《と》じた。けれど、一度出《いちどで》てしまった言葉《ことば》はもう元《もと》には戻《もど》せない。

いちばん悲《かな》しいのは怜子《れいこ》さん。

自分《じぶん》ではどうすることもできないから、せめて相手《あいて》の幸《しあわ》せを願《ねが》っているのに。私《わたし》はなんてことを言《い》ってしまったの……。

「失礼《しつれい》なことを言《い》いました。ごめんなさい」

頭《あたま》を下《さ》げてから怜子《れいこ》さんを見《み》ると、

「苗乃《なえの》さんはやさしいんですね」

おだやかな表情《ひょうじょう》で言《い》ってくれた。

「そんなことないです。私《わたし》なんて全然《ぜんぜん》……」

「たぶん、普通《ふつう》はこんなふうにすべて受《う》け入《い》れられるものなんでしょうね。今《いま》は、もう私《わたし》が死《し》んだことで誰《だれ》も悲《かな》しまないように願《ねが》えるようになりました。そういうものなんでしょうね」

後悔《こうかい》も悲《かな》しみも、すべてを受《う》け入《い》れている人《ひと》の表情《ひょうじょう》はこんなにも美《うつく》しいものなんだ……。もし、私《わたし》が今《いま》死《し》んだとしたらこんなふうに思《おも》えるのかな？

和哉《かずや》が死《し》んでしまったあと、彼《かれ》が悲《かな》しまないように笑顔《えがお》になれるのかな？

答《こた》えはわからない。

「じゃあ、私《わたし》行《い》きますね」

怜子《れいこ》さんが軽《かる》く頭《あたま》を下《さ》げた。

「もう、あっちの世界《せかい》へ？」

「いえ」

軽《かる》く首《くび》を横《よこ》に振《ふ》ってから、怜子《れいこ》さんは私《わたし》の耳元《みみもと》に顔《かお》を寄《よ》せた。

「リュウさんには申《もう》し訳《わけ》ないんですけれど、彼《かれ》が立《た》ち直《なお》るまではそばにいてあげたいんです。少《すこ》しでも彼《かれ》が笑《わら》っているところを見《み》られたなら、すぐに旅立《たびだ》とうと思《おも》います」

いたずらっぽい笑《え》みを作《つく》った怜子《れいこ》さんに私《わたし》はうなずく。

「それが怜子《れいこ》さんの願《ねが》いなら、私《わたし》も応援《おうえん》します」

和哉《かずや》のために怜子《れいこ》さんを早《はや》く見送《みおく》りたい気持《きも》ちはある。だけど、それでは彼女《かのじょ》の願《ねが》いは叶《かな》わないことになってしまう。

私《わたし》は彼女《かのじょ》を利用《りよう》しようとしていた。でも、大切《たいせつ》なものを守《まも》るために、犠牲《ぎせい》を払《はら》うのは間違《まちが》っているんだとようやく気《き》づいた。

「リュウにはうまいこと言《い》っておきます。だから安心《あんしん》して願《ねが》いを叶《かな》えてください」

心《こころ》からこぼれる言葉《ことば》は、こんなときなのに私《わたし》を笑顔《えがお》にしていた。怜子《れいこ》さんも同《おな》じように口《くち》のはしをあげてから歩《ある》き出《だ》す。

「ありがとう」

その言葉《ことば》を残《のこ》して。

病室《びょうしつ》には和哉《かずや》だけしかいなかった。

寝息《ねいき》を立《た》てて深《ふか》い眠《ねむ》りに落《お》ちているようだった。

ふいに隣《となり》に誰《だれ》か立《た》っているのに気《き》づく。

「こいつが坂口和哉《さかぐちかずや》か」

リュウが物珍《ものめずら》しそうにベッドを覗《のぞ》きこんでいる。

「ちょっと！　なんでここにいるのよ」

「三人分《さんにんぶん》の確認《かくにん》が終《お》わって、ヒマになったから。ていうか、大声《おおごえ》出《だ》すなよ。起《お》きてしまうぞ」

「あ……」

口《くち》をつぐんだ私《わたし》に、悪《わる》びれた様子《ようす》もないリュウは意地悪《いじわる》い笑《え》みを浮《う》かべている。

「苗乃《なえの》が必死《ひっし》になって守《まも》ろうとしている命《いのち》がこいつか。まぁ、どうせ残《のこ》された時間《じかん》は少《すく》ないけどな」

「う……」

声《こえ》を出《だ》せば和哉《かずや》が起《お》きてしまいそうで、リュウに外《そと》に出《で》るように指《ゆび》で合図《あいず》を送《おく》る。

「いい加減《かげん》あきらめたほうがいい。見《み》る限《かぎ》り、病気《びょうき》はずいぶんと進行《しんこう》しているぞ」

合図《あいず》の意図《いと》に気《き》づいているくせにそんなことを言《い》って動《うご》かないリュウに本気《ほんき》で腹《はら》が立《た》ってしまい、私《わたし》はひとりで病室《びょうしつ》を出《で》た。

長椅子《ながいす》に座《すわ》り、リュウが出《で》てくるのを待《ま》つけれど、なぜか出《で》てこない。

十分《じっぷん》ほどが過《す》ぎ、さすがにガマンできなくなった私《わたし》が、再《ふたた》び病室《びょうしつ》に入《はい》ると、

「あれ？」

もうリュウの姿《すがた》はなかった。

「よう」

いつの間《ま》にか起《お》きていたらしく、和哉《かずや》がいつもの口調《くちょう》で片手《かたて》を挙《あ》げた。

どんな顔《かお》をして会《あ》えばいいのかなんて迷《まよ》いは、顔《かお》を見《み》ると一瞬《いっしゅん》で消《き》え去《さ》った。

「具合《ぐあい》はどう？」

天気《てんき》でも聞《き》くみたいに軽《かる》い調子《ちょうし》で言《い》えた自分《じぶん》を褒《ほ》めながら、ベッドのそばにある丸椅子《まるいす》に腰《こし》かけた。

「んー。すげぇ悪《わる》い。熱《ねつ》が下《さ》がらないんだよな」

ベッドの向《む》こうに点滴《てんてき》がふたつぶら下《さ》がっていて、伸《の》びた管《くだ》が和哉《かずや》の左腕《ひだりうで》につながっている。

ズキンと胸《むね》が痛《いた》くなるけれど、平気《へいき》なフリをして眉《まゆ》をひそめてみせた。

「熱《ねつ》なんて何年《なんねん》ぶりなの？」

「記憶《きおく》にないくらい前《まえ》」

「インフルエンザすら逃《に》げるくらいの健康体《けんこうたい》なのにね。ビックリだわ」

「俺《おれ》もだって」

はは、と笑《わら》う和哉《かずや》の顔色《かおいろ》はいつもと変《か》わらないように思《おも》えた。

……本当《ほんとう》に死《し》んでしまうの？

よぎる不安《ふあん》を咳《せき》でごまかすと、今度《こんど》は恋心《こいごころ》が顔《かお》を出《だ》したようで胸《むね》が苦《くる》しくなる。

――あなたが、好《す》きです。

和哉《かずや》の死《し》が目前《もくぜん》に迫《せま》ってから気《き》づいた気持《きも》ちは、どんどん大《おお》きく成長《せいちょう》しているみたい。

和哉《かずや》に会《あ》うときに、ふたつのルールを定《さだ》めた。

ひとつめは、和哉《かずや》が死《し》んでしまうことを彼自身《かれじしん》に悟《さと》られないようにすること。もうひとつは、彼《かれ》への気持《きも》ちがばれないようにすること。

二重《にじゅう》のコーティングをして友達《ともだち》らしくふるまわなくてはならない。

『はじまりも終《お》わりも自分《じぶん》じゃ決《き》められないから、ちゃんと生《い》きなくちゃいけなかった』

そう、怜子《れいこ》さんは言《い》っていた。

私《わたし》はちゃんと生《い》きてきたのかな？　和哉《かずや》への気持《きも》ちに気《き》づかずに、ただ毎日《まいにち》をだらだらと過《す》ごしてきたような気《き》がする。

遅《おそ》すぎる和哉《かずや》への気持《きも》ちは、最後《さいご》まで隠《かく》しておかなきゃ余計《よけい》な心配《しんぱい》をかけてしまう。

「そういえば、昨日《きのう》も来《き》てくれたんだって？」

和哉《かずや》と目《め》が合《あ》ってドキッとした。

思考《しこう》を現実《げんじつ》に戻《もど》して、

「ああ、先生《せんせい》に頼《たの》まれちゃってね」

なんでもない口調《くちょう》を心《こころ》がけた。

「アネキが『久々《ひさびさ》に会《あ》えた』って喜《よろこ》んでたぞ」

「朱美《あけみ》さん、すごくキレイになっててビックリした」

正直《しょうじき》な感想《かんそう》を述《の》べた私《わたし》に和哉《かずや》はしかめっ面《つら》になる。

「あれは化粧《けしょう》のせいだろ。ヘンな関西弁《かんさいべん》まで使《つか》ってるし」

「あはは。さすがにビックリしたけどね。キャラが濃《こ》くなった気《き》がする」

ヒョウ柄《がら》の服《ふく》を思《おも》い出《だ》してしまう。

「だな」

短《みじか》く答《こた》えた和哉《かずや》が、少《すこ》し苦《くる》しそうに荒《あら》い息《いき》をついた。

「……大丈夫《だいじょうぶ》？」

「熱《ねつ》が下《さ》がればな。息苦《いきぐる》しいしだるいし」

小《ちい》さいころ、和哉《かずや》が熱《ねつ》を出《だ》した日《ひ》のことを思《おも》い出《だ》した。いつもの強気《つよき》な態度《たいど》がウソみたいに、こんなふうに弱音《よわね》を吐《は》いていたっけ。あれ以来《いらい》の体調《たいちょう》の悪《わる》さなら、よほどこたえているのだろう。同《おな》じように苦《くる》しくなる気持《きも》ちを押《お》しのけて私《わたし》は笑《わら》う。

「気弱《きよわ》なこと言《い》わないの。病《やまい》は気《き》から、でしょ」

「んだよ。こういうときくらいやさしくしろよ」

ぶうと頬《ほお》を膨《ふく》らませる和哉《かずや》に呆《あき》れた顔《かお》を作《つく》ってみせた。

「日《ひ》ごろのおこないが自分《じぶん》に返《かえ》ってくるの。これに懲《こ》りたら、普段《ふだん》から私《わたし》にもっとやさしくしなさい」

「ちぇ」

気《き》づかれてはいけない。

キヅカレテハイケナイ。

呪文《じゅもん》のように心《こころ》で繰《く》りかえし、「またね」と病室《びょうしつ》を出《で》るまで私《わたし》は『友達《ともだち》』を演《えん》じた。

病室《びょうしつ》のドアを閉《し》めると、その場《ば》で崩《くず》れそうになるくらい全身《ぜんしん》から力《ちから》が抜《ぬ》けるのを感《かん》じた。

和哉《かずや》を助《たす》けたい。だけど、このままじゃタイムリミットはどんどん迫《せま》るだけ。

焦《あせ》る気持《きも》ちと、非現実《ひげんじつ》なこのごろに疲《つか》れが押《お》しよせるけれど、そんなこと言《い》ってられない。

鼻《はな》から息《いき》を吐《は》き出《だ》して歩《ある》き出《だ》そうとしたとき、さっきまで私《わたし》がいた長椅子《ながいす》に、朱美《あけみ》さんが座《すわ》っていることに気《き》づいた。

「朱美《あけみ》さん……」

「ちょっと話《はな》せる?」

静《しず》かに尋《たず》ねてきた彼女《かのじょ》にうなずくと、朱美《あけみ》さんは立《た》ちあがって歩《ある》き出《だ》したのでついて行《い》く。

今日《きょう》の朱美《あけみ》さんはシャツだけでなく、ミニスカートにもヒョウ柄《がら》を取《と》り入《い》れていた。

一階《いっかい》までおりる間《あいだ》、朱美《あけみ》さんは黙《だま》っていた。

ロビーに出《で》ると、朱美《あけみ》さんは近《ちか》くの長椅子《ながいす》に腰《こし》をおろしたので隣《となり》に座《すわ》る。いつの間《ま》に夜《よる》になったのか、受付《うけつけ》はライトを落《お》として廊下《ろうか》だけにオレンジ色《いろ》の照明《しょうめい》がついていた。

「苗乃《なえの》ちゃん、今日《きょう》も来《き》てくれたんやな」

肩《かた》から下《さ》げていたトートバッグから出《だ》したペットボトルのジュースを差《さ》し出《だ》してきた朱美《あけみ》さん。お礼《れい》を言《い》って受《う》け取《と》ると、朱美《あけみ》さんは缶《かん》ビールを取《と》り出《だ》して飲《の》み出《だ》すからビックリした。

「病院《びょういん》でまずくないですか？」

「別《べつ》にええやん。本当《ほんとう》なら居酒屋《いざかや》でも連《つ》れていきたいけど、さすがにまずいやろうしな」

「はぁ……」

幸《さいわ》い、廊下《ろうか》を歩《ある》く人《ひと》たちは気《き》にしていない様子《ようす》だった。

「苗乃《なえの》ちゃんに話《はなし》があるねん」

ジュースの甘《あま》みが口《くち》のなかに広《ひろ》がり、喉《のど》が渇《かわ》いていたことを知《し》った。

「気《き》づいてるんやろ？　和哉《かずや》の容態《ようだい》が良《よ》くないってこと」

キヅカレテハイケナイ。

心《こころ》のなかで呪文《じゅもん》をとっさに唱《とな》え、「え?」と不思議《ふしぎ》そうな顔《かお》を作《つく》る私《わたし》をまっすぐに朱美《あけみ》さんは見《み》てくる。

「ウソはつかんでええで。苗乃《なえの》ちゃん、昔《むかし》っからウソが下手《へた》やの知《し》ってるし」

「……」

「昨日《きのう》、うちのお母《かあ》ちゃん、泣《な》いてたやろ? あれで気《き》づいたんちゃう?」

無意識《むいしき》に息《いき》を吸《す》っていたのか、短《みじか》い音《おと》が喉《のど》から出《で》てしまった。

キヅカレテハイケナイ。

「あ……あの」

それでも、首《くび》を必死《ひっし》に横《よこ》に振《ふ》るだけで、なんて答《こた》えればいいのかわからない。

「女手《おんなで》ひとつで育《そだ》てた和哉《かずや》の病気《びょうき》を、お母《かあ》ちゃんはまだ受《う》け止《と》められてへんねん」

「……」

「大丈夫《だいじょうぶ》、まだお母《かあ》ちゃんとあたししか知《し》らへんから」

言葉《ことば》の代《か》わりにこぼれたのは涙《なみだ》だった。

こんなに簡単《かんたん》にばれてしまうなんて、自分《じぶん》が情《なさ》けなかった。

「さっき苗乃《なえの》ちゃんが病室《びょうしつ》へ歩《ある》いていくのを見《み》てん。表情《ひょうじょう》を見《み》てすぐに『ああ、知《し》ってるんやな』ってわかったんや」

肩《かた》を抱《だ》き寄《よ》せてくれた朱美《あけみ》さんからいい香《かお》りがして、余計《よけい》に涙《なみだ》はあふれるようだ。

「和哉《かずや》は……そんなに悪《わる》い……」

絞《しぼ》り出《だ》す声《こえ》に、朱美《あけみ》さんがゆっくりうなずくのが体《からだ》を通《つう》じて伝《つた》わってきた。

知《し》っていることなのに、改《あらた》めて突《つ》きつけられた事実《じじつ》に衝撃《しょうげき》を受《う》ける。

「信《しん》じられへんわ。あんなに元気《げんき》そうやのに、もう手《て》遅《おく》れなんやって」

「そんな……。なんとか……ならないの？」

途切《とぎ》れる言葉《ことば》に彼《かれ》を助《たす》ける決心《けっしん》は打《う》ち砕《くだ》かれるよう。

私《わたし》にはやっぱりなにもできないの？

「泣《な》かんといて。苗乃《なえの》ちゃんに『お願《ねが》い』がで

きへんようになる」

その言葉《ことば》に隣《となり》を見《み》ると、朱美《あけみ》さんはそっと唇《くちびる》を寄《よ》せてきた。

「和哉《かずや》のこと、好《す》きなんやろ？」

普段《ふだん》なら必死《ひっし》でごまかすはずなのに、すべてを見透《みす》かされている朱美《あけみ》さんの前《まえ》ではそんな抵抗《ていこう》は無意味《むいみ》に思《おも》えた。

「……好《す》きです」

「ありがとう」

そう言《い》うと、朱美《あけみ》さんは肩《かた》に置《お》いた手《て》に力《ちから》を入《い》れてくれた。

「だからこそ、お願《ねが》いやねん。和哉《かずや》に病気《びょうき》のことは言《い》わんといてほしい。がんばってウソをつき続《つづ》けてもらえへんかな？」

「……はい」

よしよし、と手《て》を頭《あたま》に置《お》きかえて、朱美《あけみ》さんは「ありがとう」と、またお礼《れい》を言《い》う。

「和哉《かずや》に最後《さいご》まで希望《きぼう》を持《も》たせてあげたいねん。それがあたしたちにできるたったひとつのことやと思《おも》うからさ」

静《しず》かな声《こえ》だからこそ伝《つた》わる本気《ほんき》の気持《きも》ち。

和哉《かずや》に気《き》づかれてはいけないと思《おも》うのは、朱美《あけみ》さんも同《おな》じだったんだ。

「あたしは泣《な》かない。だから、苗乃《なえの》ちゃんも和哉《かずや》の前《まえ》ではがんばって」

弱音《よわね》ばかりを吐《は》いてはいけないんだ。

「わかりました」

お腹《なか》に力《ちから》を入《い》れて言葉《ことば》にすると、少《すこ》しだけ自分《じぶん》がやるべきことがわかった気《き》がした。

# 第《だい》四《よん》章《しょう》――蛍《ほたる》のように青《あお》く光《ひか》る

翌日《よくじつ》が土曜日《どようび》でよかった。

スマホケースについている小《ちい》さな鏡《かがみ》をのぞけば、むくんでいる顔《かお》と腫《は》れた目《め》の私《わたし》が映《うつ》っている。昨日《きのう》のことを思《おも》い出《だ》しまた泣《な》いてしまいそう。

曇《くも》り空《ぞら》の下《した》、不機嫌《ふきげん》そうに前《まえ》を歩《ある》くリュウ。

朝《あさ》から家《いえ》の外《そと》で『起《お》きろ。案内《あんない》してくれ』と催促《さいそく》してきた。

いったいどこで私《わたし》の家《いえ》を知《し》ったのか……。二階《にかい》にある私《わたし》の部屋《へや》の前《まえ》で浮《う》かんでわめいて、最後《さいご》は顔《かお》だけ窓《まど》をすり抜《ぬ》けてきた。

和哉《かずや》のこともある以上《いじょう》、断《ことわ》ることもできず、リストに書《か》かれた「今日亡《きょうな》くなる人《ひと》」の場所《ばしょ》を朝《あさ》から案内《あんない》することになった。

チラッとリストを見《み》せてもらったところ、まだ日本語《にほんご》の文字《もじ》が書《か》いてあったから安心《あんしん》した。

一件目《いっけんめ》、二件目《にけんめ》と順調《じゅんちょう》に案内《あんない》が進《すす》み、これで三件目《さんけんめ》。時間《じかん》はもうすぐ午後《ごご》の二時《にじ》になろうとしている。

「それで、あっちの件《けん》はどうなってるんだ？」

「あっちの件《けん》？　三件目《さんけんめ》の住所《じゅうしょ》はもうすぐだよ」

と進行方向《しんこうほうこう》を指《さ》すと、リュウは「違《ちが》う」と怒《おこ》ったように言《い》う。

「怜子《れいこ》のことだ。あいつはまだ見《み》つからないのかと聞《き》いたんだ」

「ああ……うん、もう少《すこ》しだと思《おも》うよ」

「思《おも》う？」

言葉尻《ことばじり》をとらえてますます機嫌《きげん》が悪《わる》そうになるリュウに、

「無理《むり》やり連《つ》れてはいけないでしょう？　怜子《れいこ》さんには叶《かな》えたい願《ねが》いがあるんだよ。もう少《すこ》し待《ま》っててあげて」

そう言《い》って目的《もくてき》の家《いえ》の前《まえ》で足《あし》を止《と》めた。

チラッと家《いえ》を見《み》てから私《わたし》に視線《しせん》を戻《もど》したリュウが、これみよがしにため息《いき》をついた。

「よほど強《つよ》い願《ねが》いなんだな。あんなふうに抵抗《ていこう》されたのは初《はじ》めてだ」

「だね。勉強《べんきょう》になったじゃん」

「本来《ほんらい》なら、僕《ぼく》の仕事《しごと》はその人《ひと》が確実《かくじつ》に死《し》んだことを確認《かくにん》するだけ。だから、怜子《れいこ》を連《つ》れていく必要《ひつよう》もないんだ。だけど点数稼《てんすうかせ》ぎで連《つ》れていくことにしただけ。どうしてもムリそうなら放《ほう》っておくさ」

「冷《つめ》たいんだね」

「冷《つめ》たくない。それより、次《つぎ》は二時間後《にじかんご》だな。どこで待《ま》ち合《あ》わせる？」

リストを目《め》の前《まえ》に掲《かか》げてきた。

受《う》け取《と》ろうとするとすかさずよけられたのは、私《わたし》が触《さわ》るとリストの文字《もじ》がリュウの世界《せかい》の言葉《ことば》に戻《もど》らなくなってしまうからだろう。

仕方《しかた》なく顔《かお》を近《ちか》づけて、次《つぎ》に亡《な》くなる人《ひと》の住所《じゅうしょ》を見《み》た。

四時《よじ》に亡《な》くなる人《ひと》が今日《きょう》のラストらしい。

「次《つぎ》の住所《じゅうしょ》は夕焼《ゆうや》け公園《こうえん》の近《ちか》くだね」

「公園《こうえん》？　どこだ？」

「リュウと初《はじ》めて会《あ》った場所《ばしょ》。ブランコに乗《の》って泣《な》いてたでしょ？」

「は？　僕《ぼく》は泣《な》いてなんかいない！」

やれやれ、また強《つよ》がりがはじまってしまった。

そう言《い》っているそばから目《め》の周《まわ》りが赤《あか》く染《そ》まり泣《な》きそうになってるし。なんだかんだ言《い》っても、まだ子《こ》どもなんだな……。

「うん、泣《な》いてないよね？　とにかくあそこで待《ま》ってるから」

「あとでな」

ふん、と私《わたし》をにらむリュウに愛想笑《あいそわら》いをしていると、

「お、おじいちゃん!?」

家《いえ》のなかから悲鳴《ひめい》にも似《に》た声《こえ》が聞《き》こえた。

そろそろ時間《じかん》なのだろう。

リュウが玄関《げんかん》のドアをすり抜《ぬ》けて消《き》える。

これからリストにあった男性《だんせい》が亡《な》くなってしまう。何回案内《なんかいあんない》をしても、人《ひと》の死《し》の瞬間《しゅんかん》には慣《な》れることはなかった。

騒《さわ》がしくなった家《いえ》の前《まえ》をあとにして、私《わたし》は公園《こうえん》へ向《む》かうことにした。

二時間《にじかん》あれば和哉《かずや》のいる病院《びょういん》へお見舞《みま》いに行《い》けることもわかっている。だけど、まだ彼《かれ》の前《まえ》でウソをつける自信《じしん》がなかった。

少《すこ》しイメージトレーニングをしたいし、紗枝《さえ》から届《とど》いている『ヒマなんだけど』のメッセージにも返信《へんしん》をしたい。

さっきより雲《くも》が厚《あつ》くなってきたせいか、夕焼《ゆうや》け公園《こうえん》には土曜日《どようび》だというのに人《ひと》の姿《すがた》はなかった。ベンチに座《すわ》ると、少《すこ》しずつ暗《くら》いシルエットに変《か》わっていく町《まち》が見《み》える。

今《いま》ごろ和哉《かずや》はなにをしているのだろう？

彼《かれ》への気持《きも》ちは雪《ゆき》のように静《しず》かに積《つ》もっているのに、会《あ》えば泣《な》きたくなる。会《あ》いたいのに会《あ》えないなんて、複雑《ふくざつ》すぎて自分《じぶん》でもよくわからない。

死《し》を予告《よこく》する悪魔《あくま》はいても、神様《かみさま》という存在《そんざい》はやっぱりこの世《よ》にいないのかもしれない。だって、和哉《かずや》を連《つ》れていくなんてあまりにもひどすぎる。

そこまで考《かんが》えてふと気《き》づいた。

和哉《かずや》だけじゃなく、死《し》のリストに載《の》っていた人《ひと》たちにも大切《たいせつ》な誰《だれ》かはいるんだ、ということを。その人《ひと》たちもきっと今《いま》、悲《かな》しみの底《そこ》にいる。

悲《かな》しみは周《まわ》りにどんどん伝染《でんせん》していくものなのかもしれない。

怜子《れいこ》さんだってそうだ。

彼女《かのじょ》もきっと不安《ふあん》な一日《いちにち》を過《す》ごしているに違《ちが》いない。

本当《ほんとう》なら、今日《きょう》は怜子《れいこ》さんの結婚式《けっこんしき》の日《ひ》だったはず。今《いま》、彼女《かのじょ》はどんな気持《きも》ちでいるのだろう。

「怜子《れいこ》さん、どうしてるのかな……」

つぶやくと同時《どうじ》に、

「ここにいます」

すぐそばで聞《き》こえた声《こえ》に「ひゃあ」と悲鳴《ひめい》をあげてしまう。

いつの間《ま》にか左側《ひだりがわ》に怜子《れいこ》さんが座《すわ》っていたのだ。

「いきなりの登場《とうじょう》はやめてくださいよ」

まだドキドキする胸《むね》を押《お》さえて苦情《くじょう》を言《い》う私《わたし》に、怜子《れいこ》さんは頭《あたま》を下《さ》げた。

「申《もう》し訳《わけ》ありません。さっきからいたのですが、なにか考《かんが》えごとをされていたようで……」

「あ、いえ……いいんです」

まさか怜子《れいこ》さんのことを心配《しんぱい》してたとは言《い》えず口《くち》ごもってしまう。

「昨日《きのう》も話《はな》しましたが、この公園《こうえん》が彼《かれ》との思《おも》い出《で》の場所《ばしょ》なので。付《つ》き合《あ》うようになってからも、夕陽《ゆうひ》を見《み》に、ふたりでよく来《き》ました」

遠《とお》い目《め》をした怜子《れいこ》さんの口元《くちもと》にはかすかな笑《え》みがあった。

「夕陽《ゆうひ》が沈《しず》んだら、その日《ひ》のデートは終《お》わり。だから、『落《お》ちないで』って夕陽《ゆうひ》に願《ねが》っていました」

「そうだったんですね……」

うなずきながら、ここは私《わたし》にとってもたくさんの思《おも》い出《で》があることに気《き》づいた。思《おも》い浮《う》かぶのは隣《となり》に座《すわ》る和哉《かずや》の横顔《よこがお》。

なんだか、また胸《むね》のあたりが締《し》め付《つ》けられるよう。

輪郭《りんかく》の薄《うす》い怜子《れいこ》さんが空《そら》を見《み》あげた。

「雨《あめ》が降《ふ》りそうですね」

「……どこに行《い》ってたんですか？」

「結婚式《けっこんしき》の会場《かいじょう》です。連絡《れんらく》のつかなかった友達《ともだち》が数人《すうにん》来《き》てしまっていました。母《はは》の隣《となり》に並《なら》んで謝《あやま》ってきました」

穏《おだ》やかな口調《くちょう》に、昨日《きのう》よりも自分《じぶん》の死《し》を受《う》け入《い》れていることがわかった。

——私《わたし》になにが言《い》えるだろう？

「そうだったんですね」

結局《けっきょく》、こんな言葉《ことば》しか返《かえ》せない自分《じぶん》が情《なさ》けなくなる。

「私《わたし》は彼《かれ》が笑《わら》う姿《すがた》をもう一度《いちど》見《み》たかった。けど、どんどん体《からだ》が薄《うす》くなっていって……。叶《かな》うことはないまま、このまま消《き》えてしまうのかもしれません」

怜子《れいこ》さんの口《くち》から、秋《あき》には似合《にあ》わない白《しろ》い息《いき》が宙《ちゅう》に溶《と》けていく。

それが彼女《かのじょ》の心情《しんじょう》を表《あらわ》しているようで、切《せつ》なくなった。

「彼《かれ》……大輝《だいき》さんは？」

「式場《しきじょう》には来《き》ませんでした。そうですよね、逆《ぎゃく》の立場《たちば》なら私《わたし》も行《い》けなかったと思《おも》います」

「彼《かれ》の家《いえ》には行《い》かれたんですか？」

私《わたし》の質問《しつもん》に、怜子《れいこ》さんはゆるゆると首《くび》を横《よこ》に振《ふ》った。

「会《あ》いたい気持《きも》ちは生《い》きていたときより強《つよ》くあります。でも、会《あ》いにいったとして……なにもできないから」

表情《ひょうじょう》を曇《くも》らせて小声《こごえ》になる怜子《れいこ》さんに、

「わかります」

私《わたし》はそう口《くち》にしていた。

顔《かお》を私《わたし》に向《む》けた怜子《れいこ》さんに、慌《あわ》てて手《て》のひらを横《よこ》に振《ふ》った。

「あの、ごめんなさい。なんとなくっていう意味《いみ》です。好《す》きな人《ひと》に会《あ》いたくても会《あ》えない気持《きも》ちが、少《すこ》しだけ理解《りかい》できたから……」

言《い》い訳《わけ》っぽくなってしまい恥《は》じる私《わたし》に、怜子《れいこ》さんは目《め》じりを下《さ》げてくれた。

「苗乃《なえの》さんも好《す》きな人《ひと》がいるのですね」

「……はい」

町並《まちな》みに視線《しせん》を移《うつ》した怜子《れいこ》さんは、花《はな》がしおれるように頭《こうべ》を垂《た》れた。

「恋《こい》は不思議《ふしぎ》ですね。好《す》きになればなるほど相手《あいて》の存在《そんざい》は大《おお》きくなって、なにもできない自分《じぶん》が小《ちい》さく感《かん》じちゃうから」

痛《いた》いほどにわかる。

自分《じぶん》の弱《よわ》さを知《し》るほどに、会《あ》いたい人《ひと》に会《あ》えない。なんでも話《はな》せたはずなのに、なんにも話《はな》せなくなった私《わたし》。和哉《かずや》への恋心《こいごころ》を知《し》らないままならば、今《いま》ごろ病室《びょうしつ》で彼《かれ》を励《はげ》ましていたはずなのに。

こんなに苦《くる》しいなら、彼《かれ》への気持《きも》ちに気《き》づかなければよかった……。

「降《ふ》ってきましたね、雨《あめ》」

怜子《れいこ》さんの言葉《ことば》に空《そら》を見《み》ると、雨粒《あまつぶ》が落《お》ちてきていた。額《ひたい》に落《お》ちて弾《はじ》けた冷《つめ》たさにハッと目《め》が覚《さ》めた気分《きぶん》になった。

「濡《ぬ》れるといけないから帰《かえ》ってください」

気遣《きづか》ってくれる怜子《れいこ》さんの顔《かお》を見《み》たとたん、涙《なみだ》がこぼれた。

だって、やさしすぎるから。もし、私《わたし》が同《おな》じ立場《たちば》だったとしたら、きっと自分《じぶん》のことで精《せい》いっぱいになっていたと思《おも》う。

「大丈夫《だいじょうぶ》です。怜子《れいこ》さんのそばにいてもいいですか？」

そんな私《わたし》に、怜子《れいこ》さんはなぜか「ふふ」と笑《わら》う。

「本当《ほんとう》に苗乃《なえの》さんはやさしいな」

雨《あめ》は少《すこ》しずつ強《つよ》さを増《ま》し、町《まち》をけむらせている。

「これからどうするんですか？」

涙声《なみだごえ》を揺《ゆ》らして尋《たず》ねると、怜子《れいこ》さんは考《かんが》えこむようにあごに指《ゆび》を当《あ》てた。

「きっとこのまま消《き》えていくのでしょうね。彼《かれ》の笑顔《えがお》を見《み》て安心《あんしん》して旅立《たびだ》ちたかったけれど、残《のこ》されている時間《じかん》はあまりなさそうですし」

「そんな……。これから会《あ》いにいきませんか？」

私《わたし》の提案《ていあん》に怜子《れいこ》さんはおかしそうに声《こえ》を出《だ》して笑《わら》った。え、なにかヘンなこと言《い》ったのかな。

「苗乃《なえの》さんと同《おな》じですよ。好《す》きな人《ひと》だから会《あ》えないんです」

そこまで言《い》ってから怜子《れいこ》さんは笑顔《えがお》を消《け》して私《わたし》を見《み》つめる。その長《なが》い髪《かみ》は濡《ぬ》れず、雨《あめ》は彼女《かのじょ》の体《からだ》をすり抜《ぬ》けている。

「苗乃《なえの》さんには時間《じかん》があります。私《わたし》みたいにならないよう、ちゃんと会《あ》いにいってください」

「……でも」

「私《わたし》、思《おも》うんです。もっと好《す》きって言《い》えばよかった。もっとそばにいればよかったって。当《あ》たり前《まえ》のようにそばにいたから、どんなに大切《たいせつ》に思《おも》っているか伝《つた》えていなかったことが、本当《ほんとう》につら

いんです。同《おな》じ後悔《こうかい》を苗乃《なえの》さんは背負《せお》わないで」

あまりにまっすぐな瞳《ひとみ》に、私《わたし》はうなずいていた。

「わかりました」

「私《わたし》のためにこんなに濡《ぬ》れちゃってごめんなさい。もう、ひとりで大丈夫《だいじょうぶ》です。リュウさんにも悪《わる》いことをしました。もしよければ呼《よ》んできてもらえますか？」

「もう旅立《たびだ》つんですか？」

「ここにいてもなにもできない。それがわかっただけで十分《じゅうぶん》です」

人《ひと》は運命《うんめい》を受《う》け入《い》れるとこんな顔《かお》をするんだ……。

晴《は》れやかでいて悲《かな》しげで、そしてさみしさが混《ま》じったような怜子《れいこ》さんの表情《ひょうじょう》に胸《むね》が苦《くる》しくて視《し》線《せん》を逸《そ》らしてしまう私《わたし》。

そのとき、公園《こうえん》に入《はい》ってくる人影《ひとかげ》が見《み》えた。

近《ちか》づくにつれてそれは若《わか》い男性《だんせい》だとわかった。うつむいたままますぐに歩《ある》いてくる男性《だんせい》は、カサもささず黒《くろ》いスーツは雨《あめ》の染《し》みを作《つく》っている。

私《わたし》の視線《しせん》をたどった怜子《れいこ》さんが「あっ」と両手《りょうて》を口《くち》に当《あ》てた。

男性《だんせい》は私《わたし》に気《き》づくこともなく、町《まち》を見《み》おろせるはしっこまで進《すす》むと手《て》すりに両手《りょうて》を乗《の》せた。

「大輝《だいき》……」

ゆらりと立《た》ちあがった怜子《れいこ》さんから漏《も》れた声《こえ》は震《ふる》えていた。

驚《おどろ》きのあまり固《かた》まってしまう私《わたし》を残《のこ》して、ふらふらと怜子《れいこ》さんは男性《だんせい》のもとに吸《す》い寄《よ》せられるように歩《ある》いていく。

大輝《だいき》さんって、怜子《れいこ》さんの恋人《こいびと》だよね？　どうしてここに……。

うしろ姿《すがた》の大輝《だいき》さんはきっとこれからお通夜《つや》に行《い》くのだろう。肩《かた》を落《お》とし雨降《あめふ》る町並《まちな》みを身動《みうご》きひとつせず見《み》つめていた。

「大輝《だいき》」

隣《となり》に並《なら》んだ怜子《れいこ》さんがまたつぶやき、雨《あめ》のなかでもその声《こえ》はここまで届《とど》いた。

けれど、すぐそばにいる大輝《だいき》さんに怜子《れいこ》さんの声《こえ》は聞《き》こえない。

「大輝《だいき》、ここよ。ここにいるのよ……」

怜子《れいこ》さんの声《こえ》は震《ふる》えていた。必死《ひっし》で呼《よ》びかけても、彼《かれ》は微動《びどう》だにしない。

ふいに気配《けはい》を感《かん》じて横《よこ》を見《み》ると、いつの間《ま》に来《き》たのかリュウが立《た》っていた。

「リュウ……」

「早《はや》く来《き》てみたら……お前《まえ》ら、なにやってんだ？」

呆《あき》れた顔《かお》で隣《となり》に腰《こし》かけたリュウは眉《まゆ》をひそめている。

「怜子《れいこ》さんが結婚《けっこん》するはずだった人《ひと》、大輝《だいき》さんが来《き》たの。怜子《れいこ》さん、彼《かれ》に笑《わら》ってほしいって……だけど彼《かれ》にはもう見《み》えなくって──」

「なんで苗乃《なえの》が泣《な》いているんだ？」

不思議《ふしぎ》そうな顔《かお》のリュウに、もう声《こえ》をあげて泣《な》き出《だ》したい。

「大輝《だいき》さんが怜子《れいこ》さんを見《み》ることはできないの？　最後《さいご》にきちんと終《お》わらせてあげたい。ねえ、なんとか、ならない……の？」

途切《とぎ》れ途切《とぎ》れの言葉《ことば》もきっとリュウにすぐに否定《ひてい》されると思《おも》っていた。

だけど、リュウは黙《だま》って視線《しせん》をふたりに戻《もど》し腕《うで》を組《く》んだ。

「それができたら、怜子《れいこ》は逝《い》けるのか？」

「うん、きっと。きっと！」

彼女《かのじょ》の最後《さいご》の願《ねが》いを叶《かな》えてあげたい。

力《ちから》をこめて言《い》うと、「そうか」と立《た》ちあがったリュウは怜子《れいこ》さんに近《ちか》づいていきその体《からだ》に触《ふ》れた。

ハッと怜子《れいこ》さんがリュウを見《み》た。みるみるうちに、怜子《れいこ》さんの体《からだ》が青《あお》く光《ひか》りだした。それはどこか蛍《ほたる》のようにはかない光《ひかり》。

ゆらゆらとゆらめいている。

「これって……」

自分《じぶん》の両手《りょうて》を眺《なが》めてつぶやく怜《れい》子《こ》さんに、

「ちゃんと終《お》わらせろよ」

とだけ言《い》ってリュウは戻《もど》ってきてベンチに座《すわ》った。

「あの光《ひかり》はなに？」

尋《たず》ねる私《わたし》に、

「見《み》ていればわかる。……ふう、思《おも》ったよりも力《ちから》を使《つか》ってしまった」

リュウは少《すこ》し苦《くる》しそうな表情《ひょうじょう》で、荒《あら》く呼吸《こきゅう》を繰《く》りかえしている。視線《しせん》を戻《もど》した私《わたし》が見《み》たのは、大輝《だいき》さんの変化《へんか》。

遠《とお》くの町並《まちな》みを見《み》ていた大輝《だいき》さんが、怜《れい》子《こ》さんのほうを見《み》て目《め》を大《おお》きく見開《みひら》いていたのだ。

「……怜《れい》子《こ》？」

「え？」

怜《れい》子《こ》さんが顔《かお》をあげると、ふたりの視線《しせん》が合《あ》ったように見《み》えた。

いや、実際《じっさい》に合《あ》っているんだ。

「ウソだろ……。怜子《れいこ》、怜子《れいこ》！」

信《しん》じられないという表情《ひょうじょう》で抱《だ》きしめようとするが、大輝《だいき》さんの両腕《りょううで》は怜子《れいこ》さんの体《からだ》をすり抜《ぬ》けた。

「大輝《だいき》、私《わたし》が……見《み》えるの？」

震《ふる》える声《こえ》でリュウを見《み》た怜子《れいこ》さん。つらそうに顔《かお》をしかめながら、リュウはうなずく。

「その青《あお》い光《ひかり》がある間《あいだ》だけだからな。やりたいことがあるなら早《はや》くしろよ」

「ありがとう。ありがとう……」

何度《なんど》もそう言《い》ってから、怜子《れいこ》さんは大輝《だいき》さんを見《み》た。

「大輝《だいき》も……ここに来《き》てくれてありがとう」

「僕《ぼく》は幻《まぼろし》を見《み》ているのか……」

戸惑《とまど》った表情《ひょうじょう》のまま口《くち》にした大輝《だいき》さんが、「いや！」と首《くび》を横《よこ》に振《ふ》った。

「幻《まぼろし》だってなんだっていい。怜子《れいこ》、本当《ほんとう》に怜子《れいこ》なんだね」

「こんなことになってごめんね、大輝《だいき》……。本当《ほんとう》なら今《いま》ごろ、幸《しあわ》せになれていたのにね」

必死《ひっし》で涙《なみだ》をこらえているのが伝《つた》わってくる。

時間《じかん》がないからこそ、泣《な》かずにきちんと伝《つた》えたいんだって。

「なあ、死《し》んだなんてウソだろ？　ありえないよ、僕《ぼく》たちやっと今日《きょう》を迎《むか》えるはずだったのに」

「ごめんなさい。だけど、これは本当《ほんとう》のことなの。最後《さいご》のお願《ねが》いを聞《き》いて」

「いやだ！」

顔《かお》をそむけて拒否《きょひ》の意思《いし》を示《しめ》す大輝《だいき》さん。

そうだろうな……。大好《だいす》きな人《ひと》が突然《とつぜん》この世《よ》からいなくなるなんて、誰《だれ》だって信《しん》じたくないよね……。

「時間《じかん》がないの。大輝《だいき》、お願《ねが》い。ちゃんと聞《き》いて」

「なんでだよ。なんで、こんなことになったんだよぉ」

顔《かお》をくしゃくしゃにして泣《な》く大輝《だいき》さんに、怜子《れいこ》さんは言《い》う。

「私《わたし》の最後《さいご》のお願《ねが》いは、大輝《だいき》がまた、ちゃんと笑《わら》って過《す》ごせるようになることなの」

「ムリだ。そんなのムリだよ」

「今《いま》はムリでもいい。だけど、いつかきちんとあなたの人生《じんせい》を生《い》きて」

「ムリ……」

両手《りょうて》で顔《かお》を覆《おお》い泣《な》く大輝《だいき》さんの横《よこ》で、怜子《れいこ》さんはぎゅっと両手《りょうて》を握《にぎ》りしめている。必死《ひっし》で悲《かな》しみに耐《た》えているのがわかって、同《おな》じように私《わたし》も握《にぎ》る手《て》に力《ちから》を込《こ》めた。

どうか、怜子《れいこ》さんの願《ねが》いが彼《かれ》に届《とど》いて。

「もう行《い》かなくちゃ……」

怜子《れいこ》さんの体《からだ》から発《はっ》している青《あお》い光《ひかり》が弱《よわ》くなっているのがわかった。

「イヤだ。行《い》くなよ！」

「もう、子《こ》どもみたいにワガママ言《い》わないの」

すねた顔《かお》をしている大輝《だいき》さんは、やさしい目《め》で涙《なみだ》を流《なが》す怜子《れいこ》さんを見《み》あげた。

「大輝《だいき》が笑《わら》ってくれないと、私《わたし》はあっちの世界《せかい》でいつまでも心配《しんぱい》していることになるんだよ？」

「怜子《れいこ》……」

顔《かお》をあげた大輝《だいき》さんが、嗚咽《おえつ》を飲《の》みこもうと何度《なんど》も肩《かた》を上下《じょうげ》させた。

「お願《ねが》い、笑《わら》って」

「……」

小《ちい》さく何度《なんど》もうなずいた大輝《だいき》さんが、涙《なみだ》を流《なが》しながら笑《え》みを作《つく》ろうとした。

だけど、うまく作《つく》れずに頭《あたま》をかきむしる。

「怜子《れいこ》……ごめんな」

「謝《あやま》るのは私《わたし》のほう。元気《げんき》でいてね。ちゃんとご飯食《はんた》べるんだよ。ピーマンもね」

いたずらっぽく言《い》った怜子《れいこ》さんに、ようやく大輝《だいき》さんは少《すこ》しだけ笑《わら》った。

雨《あめ》に溶《と》けるように彼女《かのじょ》の体《からだ》から輪郭《りんかく》がなくなっていく。時間《じかん》がないのがわかる。

「見送《みおく》るから、もう行《い》って。振《ふ》り返《かえ》らずにね。そして、必《かなら》ず素敵《すてき》な人生《じんせい》を送《おく》って」

「怜子《れいこ》……」

「ほら、早《はや》く」

ふふ、と笑《え》みを浮《う》かべた怜子《れいこ》さんに、大輝《だいき》さんはうめき声《ごえ》をあげて苦《くる》しそうに顔《かお》をゆがめたが、やがて何度《なんど》かうなずいた。

「わかった。……最後《さいご》に会《あ》えてよかった」

「私《わたし》も。今《いま》まで本当《ほんとう》にありがとう」

涙《なみだ》に濡《ぬ》れた顔《かお》のまま、大輝《だいき》さんは歩《ある》き出《だ》す。何度《なんど》も振《ふ》り返《かえ》る彼《かれ》に、怜子《れいこ》さんは笑顔《えがお》で手《て》を小《ちい》さく振《ふ》っている。

やがて、大輝《だいき》さんは公園《こうえん》から去《さ》りふたりは永遠《えいえん》の別《わか》れを終《お》えた。

気《き》づくとリュウは怜子《れいこ》さんのそばにいた。もう体《からだ》から青《あお》い光《ひかり》は消《き》えていた。

「ありがとう」

怜子《れいこ》さんの言葉《ことば》、それはリュウへ。

そして、

「ありがとう」

私《わたし》に向《む》かって頭《あたま》を深《ふか》く下《さ》げた。

「私《わたし》はなんにも……」

「ううん。ちゃんと彼《かれ》の笑顔《えがお》が見《み》られました。今《いま》はムリをして笑《わら》っていたとしても、いつか立《た》ち直《なお》ってくれると思《おも》うから」

怜子《れいこ》さんは晴《は》れやかに歯《は》を見《み》せて笑《わら》う。本当《ほんとう》なら泣《な》き崩《くず》れたい気持《きも》ちだと思《おも》う。

それが彼女《かのじょ》の強《つよ》さなのか弱《よわ》さなのかもわからない。

「よし、行《い》くぞ」

リュウの声《こえ》かけに怜子《れいこ》さんは静《しず》かにうなずいた。

「苗乃《なえの》さん、それじゃあお先《さき》に失礼《しつれい》します」

「はい」

不思議《ふしぎ》と私《わたし》もスッキリした気持《きも》ちになっていた。悲《かな》しみやうれしさは、こうやってそばにいる人《ひと》にうつるものなのかも。

手《て》を振《ふ》り合《あ》う私《わたし》たちが、再《ふたた》び会《あ》えるのはいつの日《ひ》だろう？
「苗乃《なえの》さん、どうか後悔《こうかい》のない日々《ひび》を送《おく》ってくださいね」
やがて、景色《けしき》に消《き》えた怜子《れいこ》さんとリュウ。
今《いま》、雨《あめ》は止《や》んだみたい。
遠《とお》くの空《そら》から光《ひかり》の線《せん》がいくつか町《まち》を照《て》らしている。
それは、愛《あい》する人《ひと》を失《うしな》った大輝《だいき》さんを応援《おうえん》しているみたい。
きっと、怜子《れいこ》さんからのプレゼントだと思《おも》った。

# 第五章《だいごしょう》――夕焼《ゆうや》けオレンジに照《て》らされて

日曜日《にちようび》の朝《あさ》は、冬《ふゆ》といってもいいくらい寒《さむ》かった。

あれから、私《わたし》は何度《なんど》もリュウの手伝《てつだ》いをしている。気持《きも》ちはシーソーのように不安定《ふあんてい》に揺《ゆ》れている。

だって、ひとり案内《あんない》するたびに、和哉《かずや》との別《わか》れが近《ちか》づいてきているのは間違《まちが》いないから。そのたびに、彼《かれ》への想《おも》いを感《かん》じてため息《いき》。

あと何人《なんにん》を案内《あんない》すれば、和哉《かずや》の名前《なまえ》にたどり着《つ》いてしまうのだろう。怖《こわ》くてたまらないよ。

きっとリュウが助《たす》けてくれる……よね？

今日《きょう》も早《はや》くから三丁目《さんちょうめ》のマンションに案内《あんない》したところ。

「ご苦労《くろう》」

社長《しゃちょう》みたいな言《い》いかたのリュウが悠々《ゆうゆう》と入《い》り口《ぐち》に向《む》かい、半分《はんぶん》ドアに体《からだ》を通《とお》り抜《ぬ》けさせたところで振《ふ》り返《かえ》った。

「なんだか暗《くら》い顔《かお》だな」

「……」

無言《むごん》のままの私《わたし》に、リュウはため息《いき》をつく。

「そういう態度《たいど》はよくないぞ。僕《ぼく》を怒《おこ》らせたら——」

「ああ、もうわかってるってば」

ふてくされる私《わたし》に、リュウは一瞬《いっしゅん》弱気《よわき》な顔《かお》を見《み》せた。

八《や》つ当《あ》たりだよね……。

「なんだか、怜子《れいこ》さんのこと見送《みおく》ってからヘンな気持《きも》ちなの」

正直《しょうじき》に口《くち》にすると、リュウは片眉《かたまゆ》をあげた。

「ヘンって？　具体的《ぐたいてき》に言《い》ってくれないとわからない」

「なんかお腹《なか》のあたりがモヤモヤするの。誰《だれ》かとの別《わか》れが悲《かな》しいのは知《し》っていたけど、あんなに苦《くる》しいものだなんて思《おも》わなかったから」

そう、実際《じっさい》の別《わか》れを目《め》にして私《わたし》はショックを受《う》けていた。

「ふん。どうせ来世《らいせ》があるんだからいいだろうに」

「リュウにはわからないよ。先《さき》に逝《い》くほうもつらいけど、残《のこ》されたほうはもっとつらいんだよ」

大輝《だいき》さんはちゃんと眠《ねむ》れているのかな。元気《げんき》に笑《わら》えるようになってほしいな……。それよりも、もうすぐ私《わたし》も大輝《だいき》さんのような立場《たちば》になる。

そのときに自分《じぶん》が自分《じぶん》でいられる自信《じしん》がない。

「くだらない。そんなことで悩《なや》んでいるより、そろそろ和哉《かずや》を見送《みおく》る準備《じゅんび》をしたほうがいいぞ」

「え？　だって……助《たす》けてくれるって」

「そんな約束《やくそく》はしていない。『考《かんが》えておく』と言《い》っただけだ」

「そんなっ」

「とにかく来週《らいしゅう》の日曜日《にちようび》までしか時間《じかん》はない。後悔《こうかい》がないようにな」

言《い》うだけ言《い》って、今度《こんど》こそリュウはマンションの入《い》り口《ぐち》に消《き》えてしまった。

「日曜日《にちようび》……」

遅《おく》れて胸《むね》がズキズキと痛《いた》んだ。たしかに前《まえ》に予告《よこく》されていたはず。でも、リュウがきっと助《たす》けてくれるって思《おも》っていた。ううん、そう思《おも》いたかったんだ。

あと一週間《いっしゅうかん》のカウントダウンがはじまっていたなんて。気《き》づけば両手《りょうて》を体《からだ》に回《まわ》して震《ふる》えていた。

もしも、リュウが助《たす》けてくれなかったら……。

どうやって悲《かな》しみを乗《の》り越《こ》えればいいのだろう。

冷《つめ》たい風《かぜ》が駆《か》け抜《ぬ》けた。

胸《むね》が痛《いた》くて、それだけで泣《な》いてしまいそうな朝《あさ》だった。


「私《わたし》の統計《とうけい》によると、そういう顔《かお》をしているってことは、ズバリ悩《なや》みごとがあるんでしょう？」

顔《かお》を近《ちか》づけてくる紗枝《さえ》に、また考《かんが》えこんでしまっていたことを知《し》る。

駅前《えきまえ》のファストフード店《てん》は混《こ》んでいて、ざわめきが渦《うず》になっているみたい。

「え？　なんて言《い》ったの？」

聞《き》こえないフリをしても紗枝《さえ》にはお見通《みとお》しらしく、無表情《むひょうじょう》でじーっと見《み》つめてくるだけ。

オレンジジュースを飲《の》んで時間《じかん》を稼《かせ》いでも、変《か》わらず見《み》つめてくる視線《しせん》に私《わたし》は降参《こうさん》する。

「最近《さいきん》いろいろとあってさ」

「女子《じょし》の言《い》う『いろいろ』は、私《わたし》の統計《とうけい》によると恋愛《れんあい》がらみが多《おお》いわけよ」

「……違《ちが》うもん」

口《くち》にしても気弱《きよわ》な言葉《ことば》になってしまう。

「坂口《さかぐち》くんのこと？」

無邪気《むじゃき》に尋《たず》ねる紗枝《さえ》に、動揺《どうよう》のあまり手《て》にした紙《かみ》コップが落《お》ちそうになる。

「ま、まさか。そんなわけないじゃん。ははは……」

「そっか。坂口《さかぐち》くんのことなんだね」

「だから違《ちが》うって言《い》ってるでしょ」

「もう入院《にゅういん》してしばらく経《た》つもんね。風邪《かぜ》が悪化《あっか》したにしては長《なが》いよね」

私《わたし》の反論《はんろん》をことごとくスルーしてひとりうなずく紗枝《さえ》。ごまかそうとしてもムダなことは最初《さいしょ》からわかってはいた。

そもそも、真面目《まじめ》な紗枝《さえ》が学校帰《がっこうがえ》りに『ちょっとお茶《ちゃ》するよ』なんて誘《さそ》ってくることはこれまでなかったから。

やさしい紗枝《さえ》だから相談《そうだん》に乗《の》ってくれようとしているんだよね。

次《つぎ》の日曜日《にちようび》まであと六日《むいか》という月曜日《げつようび》の夕方《ゆうがた》は、悲《かな》しいくらい晴《は》れていた。

唇《くちびる》をとがらせる私《わたし》に、紗枝《さえ》は、

「いつからなの？」

と尋《たず》ねてきた。

「は？」

「好《す》きになったのはいつからなの？」

「……」

押《お》し黙《だま》っていても仕方《しかた》ない。最近《さいきん》は、深夜《しんや》に亡《な》くなる人《ひと》も多《おお》く、その案内《あんない》で寝不足《ねぶそく》も続《つづ》いていたし、そのくせ、和哉《かずや》を助《たす》けられるヒントなんてなにもなかったから。

「それが……ついこの間《あいだ》なんだよ」

ようやく言葉《ことば》にすると、ふいに視界《しかい》がぼやけた。ああ、また泣《な》きそうになっているし。

「気持《きも》ちは伝《つた》えたの？」

すべてを理解《りかい》したかのように温《あたた》かいまなざしで紗枝《さえ》は首《くび》をかしげたので、すぐに首《くび》を大《おお》きく横《よこ》に振《ふ》った。

「まさか。具合悪《ぐあいわる》い人《ひと》にそんなこと言《い》えるわけないでしょ」

「じゃあ元気《げんき》になったら言《い》うの？」

「う……」

ことごとく鋭《するど》い紗枝《さえ》に固《かた》まる私《わたし》。

「い、今《いま》さら言《い》えるわけないよ」

「どうして？」

「だって和哉《かずや》は友達《ともだち》だし……。それに、私《わたし》のことなんてきっとなんとも思《おも》ってないから」

ズキンとまた胸《むね》が痛《いた》んだ。そうだよ、和哉《かずや》は私《わたし》のことをただの悪友《あくゆう》としか思《おも》っていない。

それを知《し》り過《す》ぎているから言《い》えないんだよ。

けれど、紗枝《さえ》は納得《なっとく》できないような顔《かお》で首《くび》をかしげた。

「私《わたし》なら言《い》っちゃうけどな」

「え？　なんで？」

「だって、坂口《さかぐち》くんが好《す》きっていう気持《きも》ちは本当《ほんとう》なんでしょう？　好《す》きなら好《す》きって言《い》ったほうがいいよ」

そんなに簡単《かんたん》に言《い》わないでほしい。

「そりゃあできればそうしたいよ。だけど、フラれるのがわかってて告白《こくはく》する勇気《ゆうき》なんてないもん」

紙《かみ》コップに刺《さ》さったストローを口《くち》に入《い》れ、オレンジジュースを飲《の》んだらさっきよりも酸《す》っぱく感《かん》じた。

まだ納得《なっとく》できない様子《ようす》の紗枝《さえ》は、さっきよりもさらに首《くび》を倒《たお》す。

「てことは、フラれないことがわかってれば告白《こくはく》するってこと？」

「違《ちが》う。ぜんぜん、違《ちが》うって。もうやめてよ」

「同《おな》じだよ。坂口《さかぐち》くんの気持《きも》ちなんて関係《かんけい》ないじゃん。勝《か》てる勝負《しょうぶ》にだけチャレンジしてるみたいに聞《き》こえるんですけど」

「もうやめてってば」

「つまり私《わたし》が言《い》いたいのはさ——」

「やめて！」

思《おも》わず大《おお》きな声《こえ》が出《で》てしまっていた。

ハッと口《くち》を押《お》さえると同時《どうじ》に、ポロポロと涙《なみだ》がもうこぼれていた。

驚《おどろ》いた顔《かお》をしている紗枝《さえ》の姿《すがた》がぼやける。

「ごめん。責《せ》めるつもりじゃなかったの」

慌《あわ》てて隣《となり》に座《すわ》って肩《かた》を抱《だ》いてくる紗枝《さえ》に、首《くび》を振《ふ》った。

「違《ちが》うの。そうじゃないの……」

私《わたし》が泣《な》いている理由《りゆう》。

それは、和哉《かずや》があと数日《すうじつ》で死《し》んでしまうことを知《し》っているから。

告白《こくはく》なんていう自分《じぶん》の想《おも》いを伝《つた》えることより、彼《かれ》を見守《みまも》ることが大事《だいじ》だったから。和哉《かずや》が死《し》なないように、私《わたし》の前《まえ》からいなくならないように……。

私《わたし》の想《おも》いが伝《つた》わらないよりも、和哉《かずや》が死《し》んでしまうことのほうがはるかに苦《くる》しい。

だけど、紗枝《さえ》に話《はなし》をしてもわかってもらえるとは思《おも》えない。

「大丈夫《だいじょうぶ》だよ。ごめんね、ごめんね」

紗枝《さえ》の腕《うで》に抱《だ》かれながら、

「ううん。私《わたし》こそごめん」

涙声《なみだごえ》で答《こた》えるのが精《せい》いっぱいだった。

彼《かれ》に、ただ会《あ》いたかった。


木曜日《もくようび》、晴《は》れ。

まだ顔《かお》を出《だ》していない太陽《たいよう》を待《ま》ちきれず、薄青《うすあお》の空《そら》が朝《あさ》を告《つ》げている。

「はいこれ」

リュウに見《み》せてもらったリストの住所《じゅうしょ》をもとに、今日《きょう》この町《まち》で亡《な》くなる人《ひと》の家《いえ》の地図《ちず》を書《か》くと、いつものように二階《にかい》の窓《まど》の外《そと》で浮《う》かんでいるリュウに手渡《てわた》した。

リストの文字《もじ》は、少《すこ》しずつ最初《さいしょ》に見《み》た意味不明《いみふめい》の言語《げんご》に変《か》わっていた。

「たぶん明日《あした》からは苗乃《なえの》抜《ぬ》きで大丈夫《だいじょうぶ》だと思《おも》う」

「……そうなんだ」

「ま、しっかり和哉《かずや》についていてやるんだな」

「……うん」

「どのみち、約束《やくそく》してはいないからな」

「そっか」

ふう、と息《いき》を吐《は》いてカバンを手《て》にする私《わたし》を見《み》て、リュウは眉《まゆ》をひそめた。

「やけに素直《すなお》だな。なにか悪《わる》だくみをしているんじゃないのか？」

「まさか。ただ、なんにもできないことが苦《くる》しいだけ」

こんなときなのに、少《すこ》し笑《え》みを浮《う》かべている私《わたし》。なんだか心《こころ》と体《からだ》が離《はな》れてしまったようで、うまく感情《かんじょう》が表現《ひょうげん》できない。

――あと三日《みっか》しかない。

この数日《すうじつ》、毎日《まいにち》和哉《かずや》に会《あ》いにいった。

日《ひ》ごとに顔色《かおいろ》が悪《わる》くなるのがわかっても、気《き》づかないフリをした。

会《あ》うほどに苦《くる》しくて、だけど病室《びょうしつ》から一歩《いっぽ》出《で》るともう会《あ》いたくなっている。

「日曜日《にちようび》の午後七時三十五分《ごごしちじさんじゅうごふん》」

ふいにリュウがそう言《い》った。

顔《かお》をあげ、頭《あたま》のなかで言《い》われた言葉《ことば》を繰《く》りかえす。

……和哉《かずや》が亡《な》くなる時間《じかん》。

気《き》づけば、ぺたんと絨毯《じゅうたん》に座《すわ》りこんでいた。

「おい。しっかりしろよ」

部屋《へや》に入《はい》り顔《かお》をのぞきこんでくるリュウ。

「本当《ほんとう》に……和哉《かずや》は死《し》んでしまうの？」

不思議《ふしぎ》と涙《なみだ》は出《で》なかった。

だけど、全身《ぜんしん》から力《ちから》が抜《ぬ》けたみたいに動《うご》けない。

「そう決《き》まっているし、これは誰《だれ》にも変更《へんこう》はできない」

「見《み》ていることしかできないってこと？」

すとんと絨毯《じゅうたん》の上《うえ》に降《お》り立《た》ったリュウが、

「誰《だれ》しも寿命《じゅみょう》がある」

と、言《い》った。いつもより少《すこ》し残念《ざんねん》そうな響《ひび》きに聞《き》こえた。

呆然《ぼうぜん》としたまま、なぜか壁《かべ》にある時計《とけい》を眺《なが》めていた。

「あと三日《みっか》……」

「ああ。苗乃《なえの》にできることは、ヤツをきちんと見送《みおく》ることだ」

リュウの声《こえ》は遠《とお》くで響《ひび》いているみたい。

日曜日《にちようび》の午後《ごご》七時《しちじ》三十五分《さんじゅうごふん》。

その時間《じかん》だけが、ずっと頭《あたま》から消《き》えてくれなかった。


学校《がっこう》が終《お》わると同時《どうじ》に病院《びょういん》へ急《いそ》いだ。

本当《ほんとう》ならば学校《がっこう》を休《やす》んででも和哉《かずや》のそばについていたかったし、実際《じっさい》そうしようとも思《おも》った。

でも、和哉《かずや》に気《き》づかれてはいけないルールがあるから。

あまりに息《いき》を乱《みだ》して駆《か》けこんではバレてしまう、とエントランスホールを抜《ぬ》けると、長椅子《ながいす》に一度《いちど》座《すわ》って気持《きも》ちを整《ととの》える。

明《あか》るい気持《きも》ちで和哉《かずや》に接《せっ》している時間《じかん》は、いつだって幸《しあわ》せと苦《くる》しさが入《い》り混《ま》じっている。朱美《あけみ》さんも加《くわ》われば、一気《いっき》ににぎやかになる病室《びょうしつ》。

「自信《じしん》ないな……」

今日《きょう》はうまく演《えん》じきれる自信《じしん》がなかった。

それは今朝《けさき》聞いたタイムリミットに未《いま》だ衝撃《しょうげき》を受《う》けているからだろう。

だけど会《あ》いたくて、会《あ》いたくて。

その気持《きも》ちに導《みちび》かれるようにフラフラとエレベーターに乗《の》りこむ。

浮遊感《ふゆうかん》のあと、音《おと》がしてドアが開《あ》けば私《わたし》は顔《かお》に笑《え》みを浮《う》かべた。

そう、演《えん》じるしかないんだから。

「あら、苗乃《なえの》ちゃん」

廊下《ろうか》の向《む》こうから和哉《かずや》のお母《かあ》さんが歩《ある》いてくる。

「こんにちは」と、歯《は》を見《み》せて笑《わら》う。

よし、この調子《ちょうし》……。

「毎日来《まいにちき》てくれているんですってね。本当《ほんとう》にありがとう」

「いいえ」

にこやかに答《こた》えながらも、『おばさん、ヤセちゃったな……』と頬《ほお》のあたりを見《み》て思《おも》った。髪《かみ》も少《すこ》し乱《みだ》れていて、おばさんが疲《つか》れていることを知《し》る。

和哉《かずや》はどう思《おも》っているんだろう……。

「あの子《こ》、家《いえ》にあるゲーム機《き》がほしいんですって。今《いま》から取《と》りにいくところなの」

「そうなんですね」

「急《いそ》いで行《い》ってこなくちゃ。あ、そういえば検査《けんさ》の結果《けっか》がね、少《すこ》しよくなっていたのよ。先生《せんせい》が『すごいぞ』って驚《おどろ》いてたの」

おばさんの表情《ひょうじょう》がパッと明《あか》るくなったけれど、私《わたし》はうまく笑《わら》えずに固《かた》まってしまった。

慌《あわ》てて取《と》り繕《つくろ》うように、

「よかったですね！」

と言《い》うと、おばさんは本当《ほんとう》にうれしそうな顔《かお》でエレベーターに乗《の》りこんだ。

ドアが閉《し》まるまでお互《たが》いに笑《え》みを送《おく》りあってから、私《わたし》は廊下《ろうか》を歩《ある》き出《だ》す。

私《わたし》は知《し》っている。

希望《きぼう》や奇跡《きせき》なんてない、ってことを。

リュウは助《たす》けてくれないし、検査《けんさ》の結果《けっか》がよくなったのだって一時的《いちじてき》なもの。

廊下《ろうか》の途中《とちゅう》で足《あし》が勝手《かって》に止《と》まった。

グスッと鼻水《はなみず》をすすって、涙《なみだ》を止《と》めた。

「しっかりしなくちゃ」

言《い》い聞《き》かせて、大《おお》きく深呼吸《しんこきゅう》をした。

そして、病室《びょうしつ》の扉《とびら》を引《ひ》くと、予想外《よそうがい》の光景《こうけい》に目《め》を丸《まる》くした。

寝《ね》ているはずの和哉《かずや》が窓辺《まどべ》に立《た》っていたのだ。

「どうしたの？」

おずおずと病室《びょうしつ》に入《はい》る私《わたし》に、和哉《かずや》は首《くび》をコキコキ鳴《な》らした。

「なんかさ、今日《きょう》は体調《たいちょう》よくってさ」

「……あ、そうなんだ」

遅《おく》れてうれしそうな口調《くちょう》を心《こころ》がける私《わたし》に、

「ちょっと出《で》かけてくるわ」

なんて言《い》う和哉《かずや》。

「は？」

突然《とつぜん》すぎる宣言《せんげん》にいつものぶっきらぼうな返事《へんじ》をしてしまった。

和哉《かずや》は気《き》にする様子《ようす》もなく、

「夕焼《ゆうや》け公園《こうえん》に久《ひさ》しぶりに行《い》きたくってさ」

と、歩《ある》き出《だ》すから思《おも》わずその腕《うで》を取《と》った。

「外出《がいしゅつ》は禁止《きんし》のはずでしょう？」

「いいんだよ。好《す》きにさせろよ」

さらりとかわす和哉《かずや》の横顔《よこがお》が、少《すこ》しだけ不機嫌《ふきげん》になった。

ちょっとの変化《へんか》でもわかるくらい、私《わたし》たちはいつも近《ちか》くにいたから。

「苗乃《なえの》は知《し》らなかったことにすればいいからさ」

なんでもないような口調《くちょう》に戻《もど》す和哉《かずや》をしばらく見《み》て、決心《けっしん》が固《かた》いことを知《し》った。よほど体調《たいちょう》が
いいのだろう……。

和哉《かずや》の願《ねが》いを叶《かな》えたい気持《きも》ちがムクムクと大《おお》きくなるのを感《かん》じた私《わたし》は、

「それじゃあ全然《ぜんぜん》ダメ」

と和哉《かずや》を指《ゆび》さす。

「なにがだよ？」

「病院《びょういん》の寝間着姿《ねまきすがた》で外《そと》に行《い》ったらすぐにばれるって。本気《ほんき》で外出《がいしゅつ》したいなら、まずは形《かたち》から入《はい》る

こと」

「形《かたち》から……」

繰《く》りかえしながら目《め》を瞬《しばた》かせる和哉《かずや》に、

「私《わたし》にまかせて。ばれないように外《そと》に連《つ》れ出《だ》すからさ」

自信満々《じしんまんまん》に言《い》ってから、私《わたし》はニッと笑《わら》ってみせた。


笑《わら》い声《ごえ》が秋《あき》の夕暮《ゆうぐ》れに溶《と》けていく。

さっきから私《わたし》たちは笑《わら》いっぱなし。はじめはコソコソと、今《いま》は大声《おおごえ》で。

「苗乃《なえの》の動《うご》きやばかったな。マジ笑《わら》える」

「和哉《かずや》のほうこそ挙動不審《きょどうふしん》って感《かん》じだったよ」

そう言《い》うと、隣《となり》の和哉《かずや》はケラケラ声《こえ》をあげた。

「どこがだよ。受付《うけつけ》の人《ひと》に見《み》られないように、って顔《かお》を伏《ふ》せて歩《ある》いてただろ?」

「うん。それが?」

「見《み》られてまずいのは苗乃《なえの》じゃないだろ。俺《おれ》じゃん、俺《おれ》」

「あっ」と、口《くち》に手《て》を当《あ》てる私《わたし》に、和哉《かずや》はまた笑《わら》う。

なんだか、教室《きょうしつ》でよく言《い》い合《あ》っていたことを思《おも》い出《だ》した。
あのころはこんなふうになるなんて、思《おも》いもしなかったよね。
――ダメ。
暗《くら》くなりそうで、すねた顔《かお》をして和哉《かずや》を見《み》た。
私《わたし》のアイデアで制服《せいふく》に着替《きが》えた和哉《かずや》は、どう見《み》ても入院《にゅういん》しているようには見《み》えない。
だけど荒《あら》い息《いき》、くすんだ顔色《かおいろ》、ゆっくりな足《あし》取《ど》りは前《まえ》とは違《ちが》う。
公園《こうえん》につくと、和哉《かずや》はそのままブランコの横《よこ》を抜《ぬ》けてベンチに座《すわ》った。
「なんとか間《ま》に合《あ》った」
向《む》こう側《がわ》に見《み》える夕陽《ゆうひ》は、町《まち》の輪郭《りんかく》が作《つく》るで

こぼこの地平線《ちへいせん》の向《む》こうへ、もう半分沈《はんぶんしず》んでいる。

うーんと伸《の》びをした和哉《かずや》の隣《となり》に座《すわ》った。

夕陽《ゆうひ》のせいで和哉《かずや》の横顔《よこがお》がオレンジに染《そ》まっている。

じっと見《み》つめていると怪《あや》しまれそうで、私《わたし》も目《め》を細《ほそ》めてまぶしい光《ひかり》を見《み》た。

また、今日《きょう》が終《お》わっていく。

あと二日《ふつか》しかない。

ううん、違《ちが》う。あと二日《ふつか》あるんだ。

だからこそ、和哉《かずや》と一緒《いっしょ》に思《おも》い出《で》を作《つく》るんだ。

――死《し》んでしまうから最後《さいご》の思《おも》い出《で》を作《つく》ろうとしているの？

繰《く》りかえす自分《じぶん》への質問《しつもん》で、どんどん重《おも》い気持《きも》ちになりそうで、私《わたし》は目《め》を閉《と》じた。

そうしないと、泣《な》いてしまいそうだったから。

「ありがとう」

和哉《かずや》の声《こえ》に、「ん？」と軽《かる》い口調《くちょう》で答《こた》えると、和哉《かずや》の視線《しせん》はまだ落《お》ちていく夕陽《ゆうひ》にあった。

風《かぜ》がさらさらと彼《かれ》の髪《かみ》を揺《ゆ》らしている。

「なんでお礼《れい》？」

「ワガママ聞《き》いてくれてうれしかった。正直《しょうじき》、ひとりだと不安《ふあん》だったから」

その言葉《ことば》にこみあげてきたのは、涙《なみだ》ではなく和哉《かずや》への気持《きも》ち。

コップに入《い》れた水《みず》があふれるように、一気《いっき》に想《おも》いがお腹《なか》から口《くち》へあがってきた。

告白《こくはく》をする準備《じゅんび》もないまま、私《わたし》は想《おも》いを伝《つた》えようと決意《けつい》していた。

「あ、あのね和哉《かずや》。私《わたし》ね――」

「沈《しず》んだ」

言葉《ことば》を遮《さえぎ》るように、静《しず》かに和哉《かずや》は言《い》った。

見《み》ると夕陽《ゆうひ》はもう消《き》えていて、空《そら》は紫色《むらさきいろ》に急速《きゅうそく》に色《いろ》を落《お》としていた。

「寒《さむ》くなる。……帰《かえ》ろうか」

「あ、うん」

立《た》ちあがる私《わたし》を見《み》ることなく、和哉《かずや》は歩《ある》いていく。

拒絶《きょぜつ》されたような悲《かな》しみが夜《よる》の闇《やみ》のように、私《わたし》の心《こころ》を暗《くら》くした。

エレベーターを降《お》りたとたん、

「坂口《さかぐち》さん！」

看護師《かんごし》さんが慌《あわ》てて走《はし》ってきたから驚《おどろ》いた。

「どこ行《い》ってたんですか！　みんな心配《しんぱい》してたんですよ」

「ああ。ちょっと散歩《さんぽ》」

ふにゃっと笑《わら》った和哉《かずや》は、そのまま病室《びょうしつ》へ歩《ある》いていく。

「外出《がいしゅつ》は禁止《きんし》って言《い》ったじゃないですか」

「はいはい」

軽《かる》い口調《くちょう》だけど、言葉《ことば》のはしが冷《つめ》たく聞《き》こえたことに違和感《いわかん》を感《かん》じた。

まるで看護師《かんごし》さんを避《さ》けているように歩《あゆ》みを止《と》めない和哉《かずや》に、私《わたし》も、

「すみませんでした」

と、頭《あたま》をぺこりと下《さ》げて追《お》いかける。

病室《びょうしつ》のドアを開《あ》けた和哉《かずや》の向《む》こうで、悲鳴《ひめい》のような声《こえ》が聞《き》こえた。

パシッ
なにかを叩《たた》くような音《おと》が続《つづ》き、驚《おどろ》いて部屋《へや》をのぞくとおばさんが和哉《かずや》を平手《ひらて》で打《う》ったところだった。

「あんたは……なにやってるのよ。どれだけ心配《しんぱい》したと思《おも》っているのよ……」

震《ふる》える声《こえ》のおばさん。その手《て》を押《お》さえているのは、朱美《あけみ》さんだった。

「お母《かあ》さん落《お》ち着《つ》き。ほら、和哉《かずや》も謝《あやま》っときなさい」

だけど和哉《かずや》は叩《たた》かれた姿勢《しせい》のまま、じっと黙《だま》っている。

怒《おこ》っているようにじっと床《ゆか》をにらんでいる。

「あ、あの……」

私《わたし》の声《こえ》に、ようやくおばさんが私《わたし》に気《き》づいたかと思《おも》うと、ゆっくり近《ちか》づいてきた。

「苗乃《なえの》ちゃん……。あなたが連《つ》れていったの？」

「……申《もう》し訳《わけ》ありませんでした」

「本当《ほんとう》にあなたが？」

「はい」

急《きゅう》におばさんが私《わたし》の両腕《りょううで》をつかんだ。おそろしいほどの強《つよ》い力《ちから》だった。

「どうしてそんなことするのよ。和哉《かずや》になにかあったらどうするの。なんで、なんでっ！」

化粧《けしょう》っけのない顔《かお》をゆがませて叫《さけ》ぶおばさん。ただ圧倒《あっとう》されてなにも言《い》えないでいると、

「いい加減《かげん》にしてくれよ」

和哉《かずや》がおばさんを引《ひ》きはがすように間《あいだ》に入《はい》った。

「和哉《かずや》！」

「苗乃《なえの》には関係《かんけい》ない。俺《おれ》が無理《むり》やり連《つ》れていった」

「なんで……」

意味《いみ》がわからないといった様子《ようす》でおばさんが首《くび》を何度《なんど》も横《よこ》に振《ふ》った。答《こた》えを求《もと》めるように私《わたし》と和哉《かずや》を交互《こうご》に見《み》る。

ふいに私《わたし》の左手《ひだりて》に温度《おんど》が灯《とも》った。

和哉《かずや》の右手《みぎて》が私《わたし》の手《て》を握《にぎ》っていた。

……え？

見《み》ると和哉《かずや》はおばさんに笑《わら》いかけていたから、私《わたし》まで混乱《こんらん》する。

どうして笑《わら》っているの？

おばさんもぽかん、と目《め》を丸《まる》くしている。

そうして和哉《かずや》は言《い》う。

「俺《おれ》、死《し》ぬんだろ？」

しん、とした静《しず》けさが訪《おとず》れた。

誰《だれ》もが和哉《かずや》の言葉《ことば》の意味《いみ》を理解《りかい》しようとして、だけどできないでいる。

私《わたし》もそう。

なにか答《こた》えなくちゃと思《おも》うほどに、言葉《ことば》がぐるぐると頭《あたま》のなかで回《まわ》っているだけだった。

「なに言《い》うてんねん。笑《わら》わせんといて」

最初《さいしょ》にそう言《い》ったのは朱美《あけみ》さんだった。

言葉《ことば》とは裏腹《うらはら》に、少《すこ》しも笑《わら》っていない。

「そうよ……。私《わたし》たちはただ心配《しんぱい》して……」

取《と》り繕《つくろ》うようにおばさんが無理《むり》やりの笑顔《えがお》を貼《は》り付《つ》けた。

「みんなウソが下手《へた》すぎ。本当《ほんとう》はずっと前《まえ》からわかってたよ」

いけない、と思《おも》ってもつながれた私《わたし》の手《て》は震《ふる》えだしていた。

それを包《つつ》みこむように、和哉《かずや》の握《にぎ》る力《ちから》が強《つよ》くなったのを感《かん》じた。

気《き》づけば視界《しかい》が潤《うる》んでいた。泣《な》いちゃダメなのに……。

「痛《いた》み止《ど》めの薬《くすり》も、そうとう強《つよ》い薬《くすり》になったしさ、覚悟《かくご》はしてるよ」

「あんたいい加減《かげん》にしいや」

朱美《あけみ》さんが口《くち》にしても、和哉《かずや》は口元《くちもと》に笑《え》みを浮《う》かべたままでうなずいた。

「気《き》を遣《つか》わなくていいよ。自分《じぶん》の体《からだ》が限界《げんかい》なことくらい、俺《おれ》が一番《いちばん》知《し》ってる。だから、最後《さいご》にどうしても行《い》きたい場所《ばしょ》があって苗乃《なえの》にお願《ねが》いしたんだよ」

ふいに離《はな》された手《て》。

ハッと顔《かお》をあげると、もう和哉《かずや》はベッドにもぐりこんでいた。

「疲《つか》れたから寝《ね》るわ」

「和哉《かずや》……」

動揺《どうよう》したまま みんなが彼《かれ》の名前《なまえ》を呼《よ》ぶけれど、和哉《かずや》はどの声《こえ》にも答《こた》えることはなかった。


「やっぱりあかんかったな」

ペットボトルを差《さ》し出《だ》してくれる朱美《あけみ》さんが言《い》った。

「……ごめんなさい」

病院《びょういん》のエントランスホールはライトが落《お》ち、気持《きも》ちまで暗《くら》くしている。

「苗乃《なえの》ちゃんが謝《あやま》ることとやないって。ウソが下手《へた》なのは昔《むかし》っからやし」

軽《かる》く笑《わら》う声《こえ》が、ホールに響《ひび》いた。

胸《むね》が苦《くる》しくて仕方《しかた》ない。

「でもうれしかったわ」

「え？」

尋《たず》ねる私《わたし》に朱美《あけみ》さんは少《すこ》し笑《わら》った。

「和哉《かずや》、満足《まんぞく》そうな顔《かお》してたやろ？　入院《にゅういん》してからふさぎこんでいたから、久《ひさ》しぶりにあんな表《ひょう》情見《じょうみ》られた。苗乃《なえの》ちゃんのおかげやな」

「そんな……。具合《ぐあい》が悪《わる》いのにすみませんでした」

言《い》いながらポロリと涙《なみだ》がこぼれた。

もうすぐ、本当《ほんとう》に悲《かな》しい瞬間《しゅんかん》が訪《おとず》れる。

そのときをただ待《ま》っているしかできない私《わたし》が、和哉《かずや》の役《やく》に立《た》てたなんてちっとも思《おも》えない。

泣《な》く私《わたし》の肩《かた》に手《て》を回《まわ》してくれる朱美《あけみ》さん。

「和哉《かずや》はぜんぶ受《う》け止《と》めてるんやな。でもな、検査《けんさ》の結果《けっか》が少《すこ》しよかったらしいねん。だから、希望《きぼう》は捨《す》てずにおこうや」

「はい」

鼻《はな》をすすりながらうなずく。

だけど、私《わたし》は知《し》っている。

残《のこ》された時間《じかん》はもう少《すく》ないことを。


——和哉《かずや》の容態《ようだい》が急変《きゅうへん》したのは、翌日《よくじつ》のことだった。

# 第《だい》六《ろく》章《しょう》——透《とう》明《めい》という色《いろ》

お母《かあ》さんに呼《よ》び止《と》められたのは、玄関《げんかん》で靴《くつ》を履《は》いていたときのこと。

昨日《きのう》は学校《がっこう》を休《やす》ませてもらい、和哉《かずや》のそばにいた。

土曜日《どようび》の朝《あさ》は雨《あめ》で、玄関《げんかん》を開《あ》けても青空《あおぞら》は見《み》えない。

「苗乃《なえの》。大丈夫《だいじょうぶ》？」

振《ふ》り向《む》くとお母《かあ》さんは心配《しんぱい》そうに私《わたし》を見《み》ている。

「うん」

うなずきながらも笑顔《えがお》は作《つく》れない。和哉《かずや》にウソが見破《みやぶ》られたのも納得《なっとく》できる。

「和哉《かずや》くん、そんなにひどいの？」

「……うん」

「そう……」

難《むずか》しい顔《かお》をしたお母《かあ》さんに、

「お母《かあ》さん、あの……」

あとで電話《でんわ》で言《い》おうと思《おも》っていたことを告《つ》げることにした。

やっぱりきちんと言《い》ったほうがいいと思《おも》えたから。

けれどお母《かあ》さんは、「わかってるよ」とうなずいた。

「その荷物《にもつ》を見《み》ればわかるわよ。何時間《なんじかん》でも何日《なんにち》でもそばにいてあげなさい」

「お母《かあ》さん……」

「お金《かね》が足《た》りなくなったら電話《でんわ》して。病院《びょういん》まで持《も》っていくから」

ダメ、また泣《な》きそうになっている。

背負《せお》ったリュックには明日《あした》の夜《よる》までそばにいられるように、着替《きが》えや歯《は》ブラシなどの荷物《にもつ》が詰《つ》まっている。

たとえ泊《と》まりこみはダメだと誰《だれ》に言《い》われようと、絶対《ぜったい》に離《はな》れないつもりだった。

「ありがとう」

カサを広《ひろ》げると、私《わたし》は歩《ある》き出《だ》す。

大好《だいす》きな人《ひと》のもとへ。

病室《びょうしつ》の和哉《かずや》は、昨夜《ゆうべ》見たときと同《おな》じで眠《ねむ》っていた。

金曜日《きんようび》に急変《きゅうへん》した和哉《かずや》は、昏睡状態《こんすいじょうたい》になったそうだ。

和哉《かずや》の体《からだ》につけられたいくつものコードの先《さき》にある機械《きかい》が、彼《かれ》の命《いのち》を数値《すうち》にして示《しめ》している。

ピッ　ピッ
規則正《きそくただ》しい音《おと》が小《ちい》さく聞《き》こえていた。

おばさんは寝《ね》ていないのだろう、疲《つか》れた顔《かお》で立《た》ちあがると席《せき》を譲《ゆず》ってくれた。

「この間《あいだ》はごめんなさいね」

もう何度《なんど》も謝《あやま》られ、そのたびに私《わたし》も謝罪《しゃざい》を口《くち》にすることを繰《く》りかえすだけ。

和哉《かずや》が眠《ねむ》ってしまってから、この病室《びょうしつ》からは笑顔《えがお》が消《き》え、感情《かんじょう》までもが消《き》えたみたい。

おばさんが家《いえ》に戻《もど》ると、和哉《かずや》とふたりだけになった。

途中《とちゅう》、朱美《あけみ》さんが顔《かお》を出《だ》し、病院《びょういん》の食堂《しょくどう》でご飯《はん》を食《た》べた。

味《あじ》なんてわからなかった。

ふたりとも無言《むごん》で、だけど大急《おおいそ》ぎで食《た》べて病室《びょうしつ》へ戻《もど》る。

和哉《かずや》の呼吸音《こきゅうおん》を聞《き》き、安心《あんしん》すると少《すこ》しうとうとして過《す》ごした。

家族《かぞく》じゃないと泊《と》まれない、と言《い》う看護師《かんごし》さんを説得《せっとく》してくれたのは、意外《いがい》にもおばさんだった。

渋々了承《しぶしぶりょうしょう》してくれた看護師《かんごし》さんにお礼《れい》を言《い》い、あっという間《ま》に夜《よる》になった。

だけど、和哉《かずや》は同《おな》じ体勢《たいせい》、同《おな》じ表情《ひょうじょう》で眠《ねむ》ったまま。

丸椅子《まるいす》に腰《こし》かけて、掛《か》け布団《ぶとん》から出《で》た右手《みぎて》にそっと触《ふ》れた。

高熱《こうねつ》が続《つづ》いているせいで熱《あつ》い手《て》が、生《い》きていることを主張《しゅちょう》しているように思《おも》えた。

「和哉《かずや》」

そっと呼《よ》びかけてみるけれど、反応《はんのう》はない。

このまま眠《ねむ》ったように死《し》んでしまうのだろうか。

苦《くる》しまないのなら、そのほうがいい気《き》はしている。

だけど、だけど……声《こえ》が聞《き》きたかった。

「和哉《かずや》」

もう一度《いちど》呼《よ》ぶ。

名前《なまえ》に温度《おんど》があるのを感《かん》じる。それは私《わたし》が和哉《かずや》を想《おも》う気持《きも》ち。

「私《わたし》ね……和哉《かずや》が好《す》きなんだ。たぶん、ずっと前《まえ》から好《す》きだったんだと思《おも》う。けどさ……気《き》づけなかったんだよ」

規則正《きそくただ》しく和哉《かずや》の胸《むね》が上下《じょうげ》しているのを見《み》ながら、私《わたし》は続《つづ》けた。

「もっと早《はや》く気《き》づいていたなら、なにか変《か》わったのかな？　ううん、そんなことないよね。だって気《き》づいてからの私《わたし》はどこかおかしかったし」

恋《こい》をすることってどういうことなのかわからなかった。

違《ちが》う、今《いま》だってなんにもわかっていない。

「恋《こい》ってね、もっとキラキラしていると思《おも》ってたんだ。毎日《まいにち》が輝《かがや》いて、心《こころ》がほっこりして……でも、ぜんぜん違《ちが》った。すごく苦《くる》しいもん」

重《かさ》ねた手《て》に少《すこ》し力《ちから》を入《い》れて、私《わたし》は小《ちい》さく笑《わら》った。

「私《わたし》が和哉《かずや》を好《す》きになったことに意味《いみ》はあるのかな？　でも、この想《おも》いを伝《つた》えなくてよかったよ。伝《つた》えてたなら、こんなふうに会《あ》えなかったかもしれないしね」

ひとり言《ごと》のような告白《こくはく》。

私《わたし》らしい恋《こい》の結末《けつまつ》のような気《き》がしていた。

穏《おだ》やかな顔《かお》で眠《ねむ》る和哉《かずや》を見《み》ながら思《おも》う。

時間《じかん》が止《と》まってしまえばいい。

それなら、ずっとそばにいられるのに。

だけど秒針《びょうしん》は確実《かくじつ》に現在《げんざい》を未来《みらい》へと運《はこ》んでいく。

和哉《かずや》の命《いのち》が消《き》えるまで、二十四時間《にじゅうよじかん》を切《き》っている。


日曜日《にちようび》は寒《さむ》く、空調《くうちょう》も暖房《だんぼう》が入《はい》っているよう。

モーターの静《しず》かな音《おと》が部屋《へや》に聞《き》こえていた。

寝不足《ねぶそく》のまま迎《むか》えた朝《あさ》。

和哉《かずや》が検査《けんさ》のためベッドごと連《つ》れ去《さ》られてしばらく経《た》つ。

「なんだか実感《じっかん》ないな……」

窓《まど》の外《そと》の曇《くも》り空《ぞら》を見《み》ながらつぶやいていると、向《む》こうのほうから黒《くろ》い点《てん》がこっちに向《む》かって飛《と》んできた。

すぐにリュウだとわかった。窓《まど》を開《あ》けようとしたけれど、高《たか》い階《かい》にあるせいか少《すこ》ししか開《ひら》かない。

リュウはそのまま窓《まど》をすり抜《ぬ》けて床《ゆか》に降《お》り立《た》つ。いつものように黒《くろ》い上下《じょうげ》のスーツ姿《すがた》で、両腕《りょううで》を組《く》む。

「やっぱりここにいたのか」

開口一番《かいこういちばん》言《い》ったリュウに、こくりとうなずいた。

「今夜《こんや》だな」

「うん」

「覚悟《かくご》はできたのか？」

「……」

黙《だま》って首《くび》をかしげる私《わたし》に、リュウは呆《あき》れたように息《いき》をひとつついた。

「まだ、って感《かん》じだな。まあそんなものなのかもな」

どこか同情《どうじょう》したような口調《くちょう》に違和感《いわかん》を覚《おぼ》えた。

不思議《ふしぎ》そうな顔《かお》をしていたのだろう、リュウは「まあ」と続《つづ》ける。

「人間《にんげん》ってやつは誰《だれ》かの死《し》をなかなか受《う》け止《と》められない生《い》き物《もの》らしいからしょうがないさ」

「リュウの世界《せかい》にも、〝死《し》〟はあるの？」

「あるさ。だけど、それは喜《よろこ》ばしいこと。次《つぎ》の命《いのち》に生《う》まれ変《か》われるのだから」

本当《ほんとう》にワクワクしているような顔《かお》で言《い》うから、ぽかんとしてしまう。

「人間《にんげん》は違《ちが》うんだよね。先《さき》に逝《い》くほうも、残《のこ》されたほうも悲《かな》しいもの」

もう涙《なみだ》は出《で》なかった。

ただ和哉《かずや》に会《あ》いたいだけだった。検査《けんさ》が早《はや》く終《お》わればいいのに……。

「悲《かな》しみはどんどん広《ひろ》がるだけさ。苗乃《なえの》がいつまでも悲《かな》しんでいたら、まわりの人《ひと》にもそれは病気《びょうき》みたいにうつってしまうだろう？　本当《ほんとう》にそいつのことが好《す》きなら、ちゃんと見送《みおく》って、それから苗乃《なえの》は自分《じぶん》の人生《じんせい》を進《すす》めばいい」

エラそうに言《い》って……。

だけどそれもまた本当《ほんとう》のことだな、なんて思《おも》う自分《じぶん》もいる。

まるで元気《げんき》づけようとしてくれているリュウが、なんだか不思議《ふしぎ》。

なにも助《たす》けることはできないから、ってことかも……。

「……ちゃんと見送《みおく》れるかどうかはわからない」

「まあ勝手《かって》にすればいい。今《いま》から僕《ぼく》は上司《じょうし》に報告《ほうこく》しに行《い》くから、午後七時三十五分《ごごしちじさんじゅうごふん》、場所《ばしょ》はこのあたりになっている。そのときに会《あ》おう」

「うん」

「……やけに素直《すなお》だな。『助《たす》けて』って、もう言《い》わないんだな」

いぶかしげな顔《かお》のリュウに、首《くび》を小《ちい》さく振《ふ》った。

「もうなにがなんだか……。でも、リュウにはそれができないんでしょう？　だったらお願《ねが》いしても仕方《しかた》ないし……いつか言《い》うからいいの」

「『いつか言《い》う』って、誰《だれ》に？」

「リュウの上司《じょうし》に」

そう言《い》った私《わたし》に彼《かれ》の顔《かお》が真《ま》っ青《さお》になるのがわかった。

「は？　なにを？　え、なにを？」

「だから今回《こんかい》のこと。私《わたし》にとっては人生《じんせい》で大《おお》きな出来事《できごと》でしょう？　リュウの上司《じょうし》にどうすればよかったのか聞《き》いてみる」

ますます青《あお》ざめたリュウは、

「お前《まえ》ふざけんなよな。僕《ぼく》だって協力《きょうりょく》したじゃん」

すでに涙声《なみだごえ》になっている。そうとう怖《こわ》い上司《じょうし》らしい。

「協力《きょうりょく》したのは私《わたし》でしょう？　リュウは私《わたし》になんにもしてない」

「話《はな》し相手《あいて》とか」

「けなすだけだったよね？」

ぐ、と詰《つ》まったリュウは、今《いま》にも泣《な》いてしまいそう。

さすがにかわいそうになり、

「考《かんが》えておくだけだから。もう行《い》きなよ」

そう言《い》うと、リュウは鼻《はな》をすすって宙《ちゅう》に浮《う》かんだ。

「絶対《ぜったい》に言《い》うなよ。絶対《ぜったい》だからな」

「はいはい」

「なんだよ。苗乃《なえの》のバカ」

「またね」

窓《まど》をすり抜《ぬ》けて逃《に》げるように去《さ》っていく小《ちい》さな背中《せなか》を見送《みおく》る。

次《つぎ》にリュウに会《あ》うとき、それが和哉《かずや》との永遠《えいえん》の別《わか》れを表《あらわ》しているんだ……。

それでもやっぱり、実感《じっかん》はないままだった。

「苗乃《なえの》ちゃん？」

振《ふ》り向《む》くと、朱美《あけみ》さんが立《た》っていた。

「あ、おはようございます」

「もうすぐ昼《ひる》やけどな。それより誰《だれ》かとしゃべってへんかった？」

不思議《ふしぎ》そうに室内《しつない》を見渡《みわた》す朱美《あけみ》さんに、

「電話《でんわ》していました」

そう言《い》う自分《じぶん》の声《こえ》もどこか遠《とお》くで聞《き》こえる。

私《わたし》の心《こころ》は、もう麻痺《まひ》しちゃっているのかもしれない。


昼過《ひるす》ぎに戻《もど》ってきた和哉《かずや》の状態《じょうたい》は、とても悪《わる》いとのことだった。

非難《ひなん》めいた視線《しせん》を私《わたし》に送《おく》ってくる看護師《かんごし》さんは、この間《あいだ》の外出《がいしゅつ》をまだ怒《おこ》っているみたいだった。

後悔《こうかい》はないよ。

人《ひと》から見《み》れば非常識《ひじょうしき》なことだとしても、あのとき和哉《かずや》と夕焼《ゆうや》け公園《こうえん》に行《い》ったことは、私《わたし》たちには必要《ひつよう》なことだったから。

おばさんもやってきて、私《わたし》たちはベッドを囲《かこ》うように丸椅子《まるいす》に座《すわ》った。

時々《ときどき》、昔《むかし》の思《おも》い出話《でばなし》をして、少《すこ》し笑《わら》って。

気《き》づくと、和哉《かずや》のそばにある機械《きかい》に表示《ひょうじ》される数値《すうち》は低《ひく》くなってきていた。点滴《てんてき》からは一滴《いってき》ずつ彼《かれ》の体《からだ》へ薬《くすり》が運《はこ》ばれていく。壁《かべ》の時計《とけい》が出《だ》す秒針《びょうしん》の音《おと》とタイミングが合《あ》って、ずれて、また合《あ》う。

確実《かくじつ》に近《ちか》づく別《わか》れのとき。

それでも涙《なみだ》は出《で》ない。

誰《だれ》もが信《しん》じたくない瞬間《しゅんかん》を見《み》ないフリして、過去《かこ》の話《はなし》をつぶやいている。

灰色《はいいろ》の空《そら》は、やがて雲《くも》を消《け》して青《あお》に変《か》わっていった。

世界《せかい》がまるで色《いろ》を取《と》り戻《もど》したように思《おも》えた。

逆《ぎゃく》に、和哉《かずや》の顔色《かおいろ》は生気《せいき》を失《な》くしていく。彼《かれ》の命《いのち》が消《き》えたなら、存在《そんざい》も消《き》え、透明《とうめい》になってしまうのだろうか。

夕方六時《ゆうがたろくじ》を過《す》ぎ、急《きゅう》に朱美《あけみ》さんが立《た》ちあがった。

「お腹《なか》すいたわ。ご飯《はんい》行かへん？」

「そうね」

おばさんも同意《どうい》して立《た》つけれど……。

「ここにいてください」

私《わたし》はそう言《い》った。

「苗乃《なえの》ちゃん？」

朱美《あけみ》さんが不思議《ふしぎ》そうに尋《たず》ね、こわばった顔《かお》をしている私《わたし》を見《み》て再《ふたた》び腰《こし》をおろした。

おばさんも同《おな》じように座《すわ》る。

「どうか、七時半《しちじはん》すぎまではここにいてください」

「七時半《しちじはん》？　なんやのそれ」

「正確《せいかく》には七時三十五分《しちじさんじゅうごふん》です。お願《ねが》いします」

「なにがあるのかしら？」

頭《あたま》を下《さ》げる私《わたし》に、今度《こんど》はおばさんが尋《たず》ねる。

一瞬言葉《いっしゅんことば》に詰《つ》まった。

だけど、ちゃんと伝《つた》えるべきだと思《おも》った。

「こんな話《はなし》をして、怒《おこ》られるかもしれません。信《しん》じられないかもしれません。だけど……聞《き》いてください」

ふたりを見《み》るとそっくりな顔《かお》で私《わたし》を見《み》ていた。

「和哉《かずや》は……今日《きょう》の午後七時三十五分《ごごしちじさんじゅうごふん》に亡《な》くなります」

息《いき》を呑《の》むような音《おと》が聞《き》こえ、すぐにおばさんの表情《ひょうじょう》が変《か》わった。それは、怒《いか》りの表情《ひょうじょう》。

口《くち》を開《ひら》きかけたおばさんより前《まえ》に、

「苗乃《なえの》ちゃん」

朱美《あけみ》さんがよく通《とお》る声《こえ》で私《わたし》の名《な》を呼《よ》んだ。

「理由《りゆう》を話《はな》してくれへんかな？」

「あとで必《かなら》ず理由《りゆう》は言《い》います。だけど信《しん》じてください。本当《ほんとう》のことなんです」

怒《いか》りに震《ふる》えていたおばさんも、私《わたし》の真剣《しんけん》なまなざしに言葉《ことば》を発《はっ》せずにいる。

「どうしてそんな話《はなし》するんや？」

首《くび》をかしげた朱美《あけみ》さんに、「それは……」と答《こた》えてから背筋《せすじ》を伸《の》ばした。

「不公平《ふこうへい》だと思《おも》ったからです」

「不公平《ふこうへい》？」

「はい。和哉《かずや》との別《わか》れの時間《じかん》を私《わたし》だけが知《し》っているのは不公平《ふこうへい》だから。信《しん》じられなくてもいい。だけど、ちゃんとお別《わか》れをしてほしいんです」

朱美《あけみ》さんは私《わたし》から和哉《かずや》へと視線《しせん》を移《うつ》した。

数値《すうち》はさらに下《さ》がっている。

「後悔《こうかい》してほしくないんです。私《わたし》は奇跡《きせき》を信《しん》じました。なんとか阻止《そし》したくて行動《こうどう》もしたつもりです。だけど……ダメだった。だから、せめて終《お》わりのときだけでも伝《つた》えたいんです。ちゃんとお別《わか》れをしてほしいんです」

それから、痛《いた》いほどの沈黙《ちんもく》の時間《じかん》が過《す》ぎた。

やがて、朱美《あけみ》さんはゆっくりとうなずいた。

「わかった。ウチは苗乃《なえの》ちゃんを信《しん》じるわ」

「ちょっと朱美《あけみ》」

責《せ》めるような口調《くちょう》のおばさんに、「大丈夫《だいじょうぶ》」と朱美《あけみ》さんは言《い》った。

「もしもその時間《じかん》を過《す》ぎれたなら奇跡《きせき》だってあるかもしれへんやん。それに苗乃《なえの》ちゃんはウソをつける子《こ》じゃないってウチ知《し》ってるから」

「朱美《あけみ》さんありがとうございます」

その場《ば》で頭《あたま》を下《さ》げた。

そして私《わたし》は立《た》ちあがると病室《びょうしつ》を出《で》る。

廊下《ろうか》にある長椅子《ながいす》に倒《たお》れこむように座《すわ》った。

頭《あたま》の先《さき》がジンジンしている。

朱美《あけみ》さんとおばさんに、和哉《かずや》と別《わか》れる時間《じかん》を作《つく》ってあげること。

これが、私《わたし》が和哉《かずや》のためにできる唯一《ゆいいつ》のことなんだ……。

あまりにも悲《かな》しくてつらいけれど、それしかできない。

だけど、まだ涙《なみだ》は出《で》てこなかった。


——どれくらい経《た》ったのだろう。

病室《びょうしつ》のなかから朱美《あけみ》さんたちの声《こえ》が聞《き》こえてきた。

スマホを見《み》ると、残《のこ》りの時間《じかん》は一時間《いちじかん》を切《き》っている。

なにかあったのだろうか……？

ゆらりと立《た》ちあがった瞬間《しゅんかん》、朱美《あけみ》さんが扉《とびら》を開《あ》けて出《で》てきた。その表情《ひょうじょう》が笑顔《えがお》だったので私《わたし》は固《かた》まってしまう。

「奇跡《きせき》や、奇跡《きせき》が起《お》きたで。和哉《かずや》が目《め》を覚《さ》ましたんや！」

「え？」

「ほら、早《はや》く。苗乃《なえの》ちゃんを呼《よ》んでる」

ドクンと胸《むね》が大《おお》きく音《おと》を立《た》てた。

急《いそ》いで病室《びょうしつ》に入《はい》ると、おばさんが顔《かお》をくしゃくしゃにして、

「先生《せんせい》を呼《よ》んでくるね」

私《わたし》の肩《かた》をポンとたたいて小走《こばし》りで出《で》ていった。

ベッドに近《ちか》づくと、和哉《かずや》が目《め》を開《ひら》いて私《わたし》を見《み》ていた。

「和哉《かずや》……」

「苗乃《なえの》、おいで」

ゆっくりとベッドから両腕《りょううで》を広《ひろ》げた和哉《かずや》の胸《むね》に飛《と》びこむのに、迷《まよ》いなんてなかった。

「和哉《かずや》！」

「ごめんな、本当《ほんとう》にごめん」

耳元《みみもと》で聞《き》こえる声《こえ》と感《かん》じる熱《あつ》い吐息《といき》に、枯《か》れたと思《おも》っていた涙《なみだ》が一気《いっき》にあふれた。

「和哉《かずや》、和哉《かずや》っ」

体《からだ》を離《はな》すと、和哉《かずや》の顔《かお》がそこにある。愛《いと》しくて、恋《こい》しい和哉《かずや》の顔《かお》が。

だけど、機械《きかい》が示《しめ》している数値《すうち》はさっき見《み》たよりもさらに下降《かこう》している。

奇跡《きせき》じゃないことを知《し》る。

これが、最期《さいご》のお別《わか》れのときなんだと。

時計《とけい》を見《み》ると、時刻《じこく》は七時過《しちじす》ぎ。
あと三十分《さんじっぷん》……。
しっかりしろ、と自分《じぶん》に言《い》い聞《き》かせた。
私《わたし》じゃない。苦《くる》しいのは私《わたし》じゃない。
和哉《かずや》に心配《しんぱい》かけないように見送《みおく》らなくちゃいけない。
だから、私《わたし》はがんばって平気《へいき》なフリをして──。
……そんなのムリだった。
次《つぎ》から次《つぎ》へとあふれる涙《なみだ》で、大好《だいす》きな和哉《かずや》の顔《かお》が見《み》えないよ。
「苗乃《なえの》」
細《ほそ》い声《こえ》の和哉《かずや》が私《わたし》を呼《よ》ぶ。
「うん」
手《て》のひらで涙《なみだ》を拭《ぬぐ》っていると、朱美《あけみ》さんがハ

ンカチを差《さ》し出《だ》してくれた。

受《う》け取《と》って必死《ひっし》で涙《なみだ》を止《と》める。

「最初《さいしょ》から知《し》ってたよ」

「え？」

「リュウって男《おとこ》の子《こ》がいること」

その言葉《ことば》にハッと息《いき》を呑《の》んだ。どういうこと……。どうして和哉《かずや》がリュウのことを？

混乱《こんらん》する私《わたし》に、和哉《かずや》は少《すこ》し笑《わら》った。彼《かれ》の八重歯《やえば》を久《ひさ》しぶりに見《み》た気《き》がした。

「俺《おれ》、霊感《れいかん》あるからかな。リュウの姿《すがた》も見《み》えたし、病室《びょうしつ》にリュウと苗乃《なえの》がふたりで来《き》たときの会《かい》話《わ》も、ぜんぶ話《はなし》を聞《き》こえてた」

「ウソ。ウソでしょう？　それじゃあ全部《ぜんぶ》……」

「ああ」と、和哉《かずや》はうなずいた。

「苗乃《なえの》が出《で》ていったあと、リュウとも話《はな》した。そして、自分《じぶん》の命《いのち》が終《お》わることを知《し》ったんだ。リュウにお願《ねが》いして、七時《しちじ》を過《す》ぎたら少《すこ》しだけ別《わか》れを告《つ》げる時間《じかん》をもらったんだ」

「そんな……」

リュウとの会話《かいわ》を聞《き》いていたなんて思《おも》いもしなかった。

眠《ねむ》っていると思《おも》って、私《わたし》が余計《よけい》なことを彼《かれ》に――。

「自分《じぶん》を責《せ》めないで」

「でも、でもっ」

和哉《かずや》が右手《みぎて》をゆるやかに差《さ》し出《だ》す。近《ちか》づいてそれを握《にぎ》った私《わたし》。

こんなに温《あたた》かいのに、もう終《お》わり……なの？

「あれから何度《なんど》もリュウはひとりでここに来《き》たよ。苗乃《なえの》が必死《ひっし》で俺《おれ》のこと助《たす》けようとしてるってのも聞《き》いてた。だけど……もう、いいんだよ」

「どうして？　どうしてあきらめるの？　私《わたし》は、私《わたし》は和哉《かずや》がいないとダメなの。ダメなの……」

言葉《ことば》にできずに泣《な》き崩《くず》れる。

ああ、デジタルの数字《すうじ》はどんどん下《さ》がっていく。

「最後《さいご》に苗乃《なえの》と夕焼《ゆうや》け公園《こうえん》に行《い》けた。キレイな夕陽《ゆうひ》が見《み》られて、思《おも》い残《のこ》すことはなくなった。今《いま》は……安《やす》らかな気持《きも》ちなんだ」

「和哉《かずや》……」

悲《かな》しみがざぶんと波《なみ》のように私《わたし》を包《つつ》み、言葉《ことば》が出《で》てこない。

和哉《かずや》、私《わたし》を置《お》いて行《い》かないで。どこへも行《い》かないで……。

「昨日《きのう》ここで言《い》ってたことだけどさ……」

「う……」

しゃくりあげる私《わたし》に、和哉《かずや》は続《つづ》ける。

「俺《おれ》が寝《ね》ていると思《おも》っていろいろ気持《きも》ちを伝《つた》えてくれたろ？」

そうだ……。和哉《かずや》は寝《ね》たフリが得意《とくい》だったっけ。そこまで考《かんが》えて、ハッと気《き》づく。あのとき、私《わたし》は和哉《かずや》へ告白《こくはく》を……。

「俺《おれ》も同《おな》じだよ。苗乃《なえの》のこと、同《おな》じように思《おも》っていたよ」

「和哉《かずや》……」

「ああ、ちゃんと伝《つた》えられた。本当《ほんとう》によかった」

安心《あんしん》したように笑《え》みを浮《う》かべる和哉《かずや》に、また涙《なみだ》がこぼれた。

苦《くる》しそうに息《いき》をしてから、和哉《かずや》は私《わたし》を見《み》た。

「人《ひと》を好《す》きになることに、意味《いみ》はあるよ。俺《おれ》はそれを教《おし》えられなかったけれど、きっと苗乃《なえの》は
……この先《さき》……」

かすれた声《こえ》が苦《くる》しそうなうめき声《ごえ》に変《か》わった。

「もういいよ。大丈夫《だいじょうぶ》だよ」

「……生《い》きて。苗乃《なえの》も、アネキも、そして母《かあ》さんも……」

ピーッ　ピーッ
機械《きかい》が叫《さけ》ぶような警告音《けいこくおん》を発《はっ》した。

和哉《かずや》の手《て》が私《わたし》から離《はな》れ、だらんと垂《た》れ下《さ》がる。

もう、和哉《かずや》はきつく目《め》を閉《と》じて苦《くる》しさに耐《た》えていた。

「和哉《かずや》。和哉《かずや》っ！」

朱美《あけみ》さんがナースコールを押《お》すと同時《どうじ》に、扉《とびら》が開《ひら》いておばさんが駆《か》けこんできた。続《つづ》いて看護《かんご》師《し》さんたちが。

「ウソでしょう！　和哉《かずや》！」

おばさんが和哉《かずや》に駆《か》け寄《よ》ろうとするのを看護《かんご》師《し》さんたちが押《お》しとどめ、機械《きかい》がつけられたままベッドごと運《はこ》び出《だ》す。

「苗乃《なえの》ちゃん！」

朱美《あけみ》さんの声《こえ》にせかされるようにいつもとは違《ちが》う大《おお》きなエレベーターに乗《の》ってもなお、その音《おと》は響《ひび》いている。

おばさんも朱美《あけみ》さんも泣《な》いていた。

看護師《かんごし》さんはじっとエレベーターの表示《ひょうじ》をにらむように見《み》ている。

薄暗《うすぐら》いフロアに到着《とうちゃく》し、その奥《おく》にある自動《じどう》ドアには『集中治療室《しゅうちゅうちりょうしつ》』の表示《ひょうじ》があった。看護師《かんごし》さんのひとりが私《わたし》に振《ふ》り返《かえ》る。

「ご家族以外《かぞくいがい》の方《かた》はこちらでお待《ま》ちください」

「そんな……」

「規則《きそく》ですから」

こんなときにワガママを言《い》えるはずもなく、私《わたし》ひとりが集中治療室《しゅうちゅうちりょうしつ》の前《まえ》に取《と》り残《のこ》された。

機械《きかい》が騒《さわ》ぐ音《おと》が遠《とお》ざかっていく。

しばらく茫然《ぼうぜん》と閉《と》ざされたドアの前《まえ》に立《た》ち尽《つ》くしていた私《わたし》は、やがてゆっくりと長椅子《ながいす》に腰《こし》をおろした。

スマホを見《み》ると、七時三十分《しちじさんじっぷん》。

あと五分《ごふん》……。

「そっか。そういうことだったんだ……」

霊感《れいかん》の強《つよ》い和哉《かずや》は、リュウの存在《そんざい》が見《み》えていた。リュウから私《わたし》のことを聞《き》き、勇気《ゆうき》づけようと……。

「それじゃあ逆《ぎゃく》じゃん……」

あふれる涙《なみだ》をそのままに、私《わたし》はつぶやいた。私《わたし》が和哉《かずや》を元気《げんき》づけなくちゃいけなかったのに、最後《さいご》まで笑顔《えがお》で見送《みおく》らなくちゃいけなかったのに。

最後《さいご》まで和哉《かずや》に心配《しんぱい》をかけて……。

スマホのデジタル時計《どけい》が、また一分進《いっぷんすす》んだ。

そのときだった。

「いよいよだな」

いつの間《ま》にか、私《わたし》の前《まえ》にリュウがいた。

「リュウ……」

「聞《き》いてたよ。あいつ、ばらしやがって」

ふん、と自動《じどう》ドアのほうに言《い》うリュウ。

「和哉《かずや》に会《あ》いにいってた……の？　どうして？」

「あいつに頼《たの》まれたから。苗乃《なえの》には内緒《ないしょ》で、って約束《やくそく》でさ。僕《ぼく》から苗乃《なえの》に、ちゃんと生《い》きるよう説得《せっとく》してほしいって。もちろん断《ことわ》ったけどな」

「そんな……」

「まぁ、一応気《いちおうき》になって苗乃《なえの》の様子《ようす》は報告《ほうこく》していた。僕《ぼく》にはそんな感情《かんじょう》ないけどさ……あいつは苗乃《なえの》のこと本気《ほんき》で好《す》きだぞ」

嗚咽《おえつ》が漏《も》れ、涙《なみだ》が止《と》まらない。

だって、そんなの……。

「もう遅《おそ》いよ。今《いま》さらわかってももう遅《おそ》いよ！」

和哉《かずや》、和哉《かずや》！

ずっと心《こころ》が叫《さけ》んでいる。

後悔《こうかい》ばかりが残《のこ》っている。それはきっとこの先《さき》も同《おな》じだよ。

「私《わたし》は和哉《かずや》を助《たす》けたかった。だけど……できなかった。ごめんなさい……本当《ほんとう》にごめんなさい」

椅子《いす》から崩《くず》れ落《お》ち泣《な》いていると、やがて悲鳴《ひめい》のような声《こえ》が遠《とお》くから聞《き》こえた。

スマホを見《み》ると、時間《じかん》は……。

「七時三十五分《しちじさんじゅうごふん》。終《お》わりのときだ」

リュウがそう宣告《せんこく》した。

その瞬間《しゅんかん》、不思議《ふしぎ》と涙《なみだ》は一気《いっき》に止《と》まった。

恐《おそ》れていた瞬間《しゅんかん》が訪《おとず》れ、私《わたし》の頭《あたま》は真《ま》っ白《しろ》になってしまったみたい。

リュウが膝《ひざ》を曲《ま》げて床《ゆか》に座《すわ》りこむ私《わたし》に視線《しせん》を合《あ》わせた。

「坂口和哉《さかぐちかずや》は今《いま》、死《し》んだ。僕《ぼく》の仕事《しごと》はこれで完結《かんけつ》だ」

「……うん」

「あきらめるのか？」

「ううん。あきらめないよ」

すぐにその言葉《ことば》が口《くち》から出《で》ていた。

「どうするんだ？」

不思議《ふしぎ》と心《こころ》がすっと静《しず》かになっていた。和哉《かずや》がこの世《よ》からいなくなった。だけど、私《わたし》は納得《なっとく》ができない。たとえゲームオーバーになったとしても、あきらめたりなんかしたくない。

「前《まえ》にも言《い》ったけど、いつか私《わたし》が死《し》んだとき、リュウの上司《じょうし》に直訴《じきそ》してやるから。そして、この瞬間《しゅんかん》からやり直《なお》してもらうの」

まっすぐにリュウを見《み》て言《い》う私《わたし》に、なぜか彼《かれ》は満足《まんぞく》そうにうなずいた。

「それは困《こま》る」

「私《わたし》も困《こま》るの。和哉《かずや》がいないと困《こま》るの。リュウにはわからないだろうけど、私《わたし》にとってはたったひとりの大切《たいせつ》な人《ひと》なの！」

和哉《かずや》がいない世界《せかい》にひとり。

だったら私《わたし》もそばに行《い》きたかった。こんな悲《かな》しみを抱《かか》えて、私《わたし》は生《い》きていけるの？

泣《な》き叫《さけ》ぶ私《わたし》に、リュウは「まったく」とまだ笑《え》みを作《つく》っている。

「よく聞《き》くんだ」

「聞《き》きたくないよ！　だって和哉《かずや》がっ」

ぽん、とリュウの右手《みぎて》が私《わたし》の頭《あたま》に置《お》かれた。

「僕《ぼく》の仕事《しごと》はその人《ひと》の死《し》を確認《かくにん》すること。怜子《れいこ》のときはしょうがなくあっちの世界《せかい》まで連《つ》れていったけれど、あれは仕事《しごと》の範囲外《はんいがい》。点数稼《てんすうかせ》ぎにすぎなかった」

言《い》われた言葉《ことば》を理解《りかい》しようとする。でも、まったくわからなかった。

「つまり、一度死《いちどし》んだあと、そいつがどうなっても構《かま》わないってことだ」

「え？　それって……」

戸惑《とまど》う私《わたし》に、リュウはいたずらっぽく笑《わら》った。

「ほら。誰《だれ》か来《き》たよ」

「え？」

見《み》ると、足音《あしおと》を響《ひび》かせて誰《だれ》かが走《はし》ってくる。自動《じどう》ドアが開《ひら》くのももどかしそうに、

「苗乃《なえの》ちゃん！　苗乃《なえの》ちゃん！」
朱美《あけみ》さんが私《わたし》を呼《よ》んでいる。
ようやく開《ひら》いた自動《じどう》ドアから飛《と》び出《で》てきた朱美《あけみ》さんが、私《わたし》を強《つよ》く抱《だ》きしめた。

「朱美《あけみ》さん。私《わたし》、なんにもできず……」

「奇跡《きせき》や。奇跡《きせき》が起《お》きたで！」

「奇跡《きせき》？」

ガバッと体《からだ》を離《はな》すと、朱美《あけみ》さんはくしゃくしゃに涙《なみだ》を流《なが》しながら笑《わら》っている。

「苗乃《なえの》ちゃんの言《い》ってたとおり、七時三十五分《しちじさんじゅうごふん》に死亡宣告《しぼうせんこく》をされたんや。だけど、ゼロになった数値《すうち》がすぐに上《あ》がったんや。今《いま》は血圧《けつあつ》も安定《あんてい》してる」

「え……」

「先生《せんせい》の話《はなし》では、『こんなことありえない』ってさ。顔色《かおいろ》もいいし、これって奇跡《きせき》やろ？　苗乃《なえの》ちゃんが起《お》こした奇跡《きせき》なんやろ？」

私《わたし》の肩《かた》をつかんで言《い》う朱美《あけみ》さんにまた涙《なみだ》があふれたけれど、これはイヤな涙《なみだ》なんかじゃない。

うれしくって温《あたた》かい涙《なみだ》だ。

和哉《かずや》が生《い》きている……。

色《いろ》を失《な》くした世界《せかい》が、また色《いろ》づくのを感《かん》じた。

「和哉《かずや》……。和哉《かずや》に会《あ》いたい。会《あ》いたいです」

ボロボロ流《なが》す涙《なみだ》をそのままに言《い》う私《わたし》に朱美《あけみ》さんは大《おお》きくうなずいた。

「ほら早《はや》く会《あ》ってやって」

手《て》を引《ひ》っ張《ぱ》られ歩《ある》き出《だ》すけれど、集中《しゅうちゅう》治《ち》療室《りょうしつ》の扉《とびら》が開《ひら》かない。どうやらロックをされているらしい。

私《わたし》の肩《かた》を抱《だ》いたままインターホンを鳴《な》らす朱美《あけみ》さん。

「あ……」

と、思《おも》い出《だ》して振《ふ》り向《む》くと、そこにはもうリュウの姿《すがた》はなかった。

# エピローグ

十二月《じゅうにがつ》に入《はい》ると、気温《きおん》はさらに下《さ》がり、冬《ふゆ》がこの町《まち》にも来《き》たんだと実感《じっかん》する日々《ひび》。

学校帰《がっこうがえ》りに夕焼《ゆうや》け公園《こうえん》に足《あし》を踏《ふ》み入《い》れると、ブランコにリュウがいた。

「お久《ひさ》しぶり」

「だな」

ひょいと立《た》ちあがったリュウが歩《ある》き出《だ》すのでついて行《い》く。

リュウがベンチに座《すわ》ったので隣《となり》に腰《こし》をおろした。

「また会《あ》えたというのに、苗乃《なえの》は驚《おどろ》かないんだな」

唇《くちびる》をとがらせるリュウに、私《わたし》は首《くび》を少《すこ》しだけ傾《かたむ》けた。

「いつかまた会《あ》えるって思《おも》ってたし、それにね、あんな奇跡《きせき》を見《み》ちゃったら、たいていのことでは驚《おどろ》かなくなっちゃった」

「ふん。図太《ずぶと》くなったってことだな。で、和哉《かずや》の様子《ようす》は？」

「今日《きょう》、退院《たいいん》したんだよ。来週《らいしゅう》からは学校《がっこう》に通《かよ》えるみたい」

あれから和哉《かずや》は検査《けんさ》だらけの日々《ひび》を過《す》ごした。

結論《けつろん》としては、あんなに体《からだ》を蝕《むしば》んでいた病気《びょうき》は体《からだ》のどこを探《さが》してももう存在《そんざい》していなかったそうだ。

先生《せんせい》も首《くび》をかしげるなか、ようやく今日《きょう》が退院《たいいん》の日《ひ》。

茜色《あかねいろ》の空《そら》は、まだ五時《ごじ》というのに暮《く》れかかっていて、遠《とお》くの空《そら》は紺色《こんいろ》に変《か》わりつつある。

リュウが立《た》ちあがり、私《わたし》を振《ふ》り返《かえ》った。

「明日《あした》からは違《ちが》う町《まち》の担当《たんとう》になるんだ」

「え、どこの町《まち》なの？」

「教《おし》えたって仕方《しかた》ないだろう。それに、またピーピー泣《な》かれるのはごめんだ」

胸《むね》を反《そ》らせて意地悪《いじわる》く言《い》うリュウに、私《わたし》は笑《わら》ってしまう。

「そうだね。だけど、本当《ほんとう》にありがとう」

「おかげで僕《ぼく》は上司《じょうし》に怒《おこ》られるハメになったけどね。まあ、協力《きょうりょく》はしてもらったし」

そう言《い》うと、リュウはふわりと浮《う》かんだ。

「もう行《い》くの？」

「ああ。新人《しんじん》は大変《たいへん》なんだよ。苗乃《なえの》、しっかり生《い》きろよ」

私《わたし》も立《た》つと、リュウを見《み》あげた。

「結局《けっきょく》リュウは、天使《てんし》なの？　悪魔《あくま》だったの？」

「苗乃《なえの》が死《し》んだときに教《おし》えてやる。じゃあな」

笑《え》みを残《のこ》して、リュウはもう振《ふ》り返《かえ》らずに飛《と》んでいく。

その後《うし》ろ姿《すがた》を見送《みおく》りながら、私《わたし》は頭《あたま》を下《さ》げた。

「ありがとう。本当《ほんとう》にありがとう」

小《ちい》さくなっていく背中《せなか》の向《む》こうで、夕陽《ゆうひ》が消《き》えていく。

夕暮《ゆうぐ》れは夜《よる》を連《つ》れてきて、明日《あす》になれば太陽《たいよう》が新《あたら》しい一日《いちにち》を照《て》らすだろう。

大好《だいす》きな和哉《かずや》に、早《はや》く会《あ》いたくなった。

# 悪《あく》ノ物語《ものがたり》

紙《かみ》から現《あらわ》れたのはかわいい動物《どうぶつ》——

## じゃなくて、悪《あく》魔《ま》!?

僕《ぼく》は小学《しょうがく》5年生《ねんせい》のイツキ。夏休《なつやす》みの間《あいだ》、伯父《おじ》さんが管理《かんり》するマンションで過《す》ごすことになったんだけど……ある日《ひ》、伯父《おじ》さんの書《しょ》庫《こ》の奥《おく》にある、秘密《ひみつ》の扉《とびら》を開《あ》けちゃったんだ。書庫《しょこ》に大切《たいせつ》にしまわれていたのは、年代《ねんだい》も筆跡《ひっせき》もバラバラの紙《かみ》の束《たば》。つづられた不《ふ》思議《しぎ》な物語《ものがたり》を読《よ》み進《すす》めていくと、挿絵《さしえ》の動物《どうぶつ》が動《うご》き出《だ》して……。

街外《まちはず》れにひっそりとたたずむ洋館《ようかん》・ジェイルハウスには、

恐《おそ》ろしい噂《うわさ》があった……。

行方不明《ゆくえふめい》になってしまった父親《ちちおや》をさがしていたぼくは、あやしげな洋館《ようかん》にたどりついた。道中《どうちゅう》で出会《であ》ったお調子《ちょうし》もののたけし、博学《はくがく》で冷静《れいせい》なひろし、しっかりものの卓郎《たくろう》、卓郎《たくろう》のおさななじみの美香《みか》と一緒《いっしょ》に、ジェイルハウスに足《あし》を踏《ふ》み入《い》れることになったんだけど……それは大《おお》きなあやまちだったんだ。

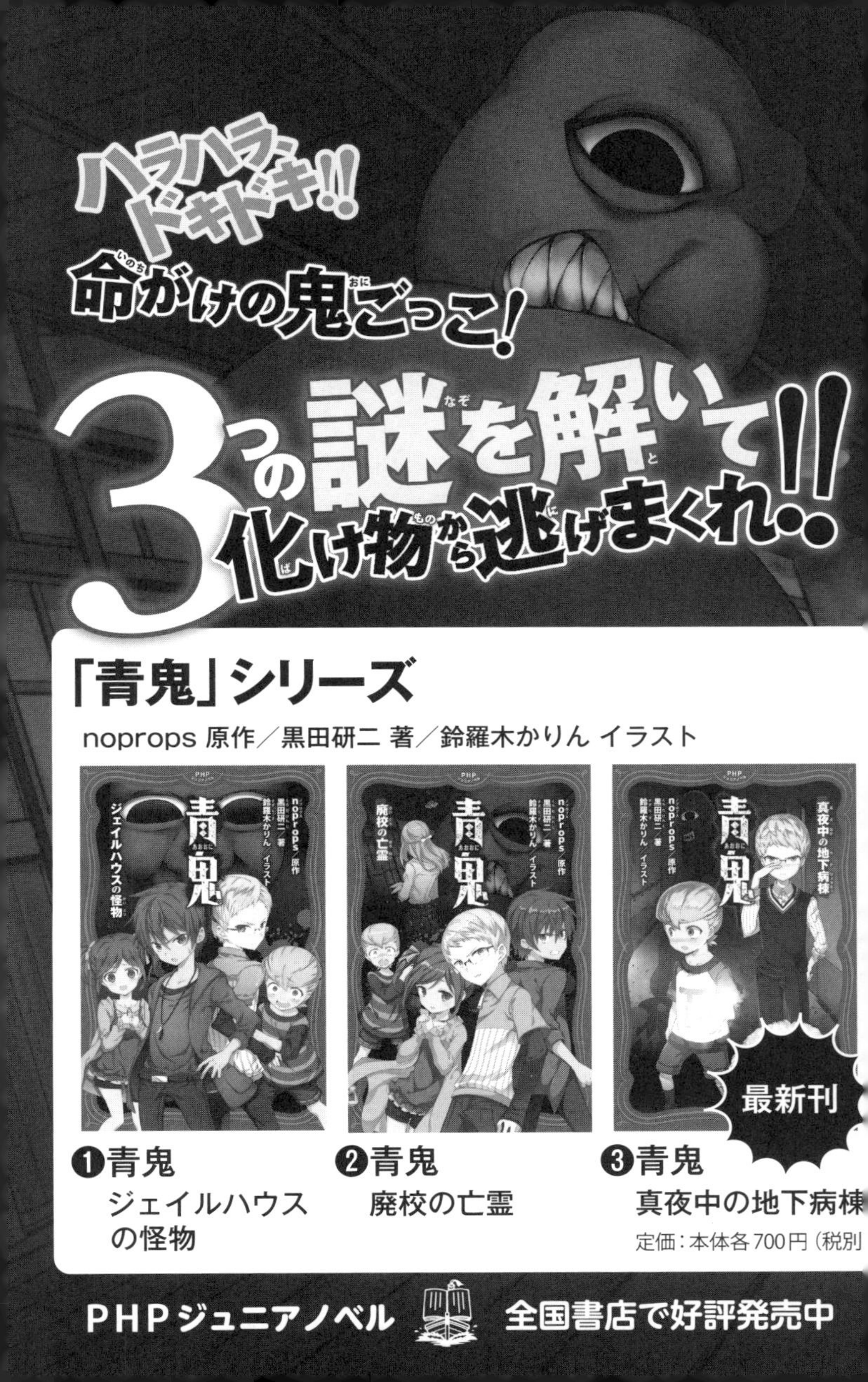
ハラハラ、ドキドキ!!
命《いのち》がけの鬼《おに》ごっこ!
3つの謎《なぞ》を解《と》いて化《ば》け物《もの》から逃《に》げまくれ!!
「青鬼」シリーズ
noprops 原作／黒田研二 著／鈴羅木かりん イラスト
最新刊
❶青鬼
ジェイルハウスの怪物
❷青鬼
廃校の亡霊
❸青鬼
真夜中の地下病棟
定価：本体各700円（税別
PHPジュニアノベル
全国書店で好評発売中

**PHPジュニアノベル　い-2-1**

**●著／いぬじゅん**
小説家。2014年3月、『いつか、眠りにつく日』で第8回日本ケータイ小説大賞を受賞し、書籍化（スターツ出版文庫刊）。また『北上症候群』が「OtoBonソングノベルズ大賞〜音楽を感じる小説〜DREAMS COME TRUE編」にて入選、電子書籍化された（エムオン・エンタテインメント刊）。そのほか、『今夜、きみの声が聴こえる』『三月の雪は、きみの嘘』『夢の終わりで、君に会いたい。』「奈良まち　はじまり　朝ごはん」シリーズ（以上、スターツ出版文庫）、『新卒ですが、介護の相談うけたまわります』（メゾン文庫）など著書多数。

**●イラスト／U35**（うみこ）
イラストレーター。第20回電撃イラスト大賞〈選考委員奨励賞〉を受賞し、デビュー。生き生きとしたキャラクター描写と、目を引く美しい構図に定評がある。「たったひとつの君との約束」シリーズ（集英社みらい文庫）、『未来のミライ』（角川スニーカー文庫）など、児童文庫からライトノベルまで幅広いジャンルで挿画を手掛ける。

**●デザイン**
株式会社サンプラント
東郷猛

**●組版**
株式会社RUHIA

**●プロデュース**
小野くるみ（PHP研究所）

# 明日《あす》、きみのいない朝《あさ》が来《く》る

2018年11月30日　第1版第1刷発行

著　者　いぬじゅん
イラスト　U35
発行者　後藤淳一
発行所　株式会社PHP研究所
東京本部　〒135-8137　江東区豊洲5-6-52
児童書出版部　TEL 03-3520-9635（編集）
普及部　TEL 03-3520-9630（販売）
京都本部　〒601-8411　京都市南区西九条北ノ内町11
PHP INTERFACE　https://www.php.co.jp/
印刷所・製本所　図書印刷株式会社


ISBN978-4-569-78820-3

NDC913　200P　18cm